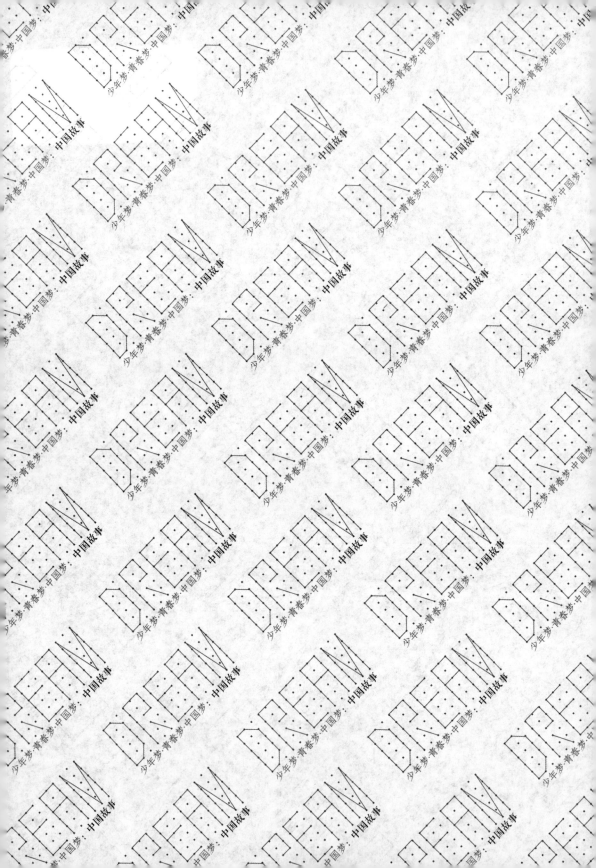

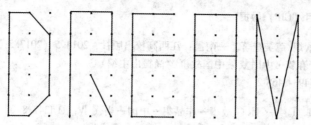

少年梦·青春梦·中国梦：中国故事

袅袅升起的炊烟

芦芙荭 著

江西高校出版社
JIANGXI UNIVERSITIES AND COLLEGES PRESS

图书在版编目（CIP）数据

袅袅升起的炊烟/芦芙荭著. —南昌：江西高校出版社，2014.5（2017.5重印）

（少年梦·青春梦·中国梦：中国故事／尚振山主编）

ISBN 978-7-5493-2468-2

Ⅰ.①袅… Ⅱ.①芦… Ⅲ.①故事—作品集—中国—当代 Ⅳ.①I247.8

中国版本图书馆 CIP 数据核字（2014）第 075450 号

出 版 发 行	江西高校出版社
社　　　址	江西省南昌市洪都北大道 96 号
邮 政 编 码	330046
编 辑 电 话	（0791）88170528
销 售 电 话	（0791）88170198
网　　　址	www. juacp. com
印　　　刷	北京一鑫印务有限公司
照　　　排	麒麟传媒
经　　　销	各地新华书店
开　　　本	710mm×1000mm　1/16
印　　　张	13.5
字　　　数	194 千字
版　　　次	2014 年 6 月第 1 版 2017 年 5 月第 2 次印刷
书　　　号	ISBN 978-7-5493-2468-2
定　　　价	27.00 元

赣版权登字-07-2014-166

[目 录]

CONTENTS

飞向空中的盆子

我六岁的时候，还没有上学，我的许多时间都是和一个叫小伍子的男孩儿一块打发掉的。小伍子那时已经九岁了，他总是有许多稀奇古怪或者说出人意料的想法。

有一天，小伍子不知从哪里弄来了一只雷管，他把那个像炮仗一样的东西攥在手里，对我很是炫耀了一番。之后，他找来一只大木盆，然后将一截导火线安在了雷管上。

小伍子将雷管放在了反扣在地上的那只木盆下面，然后望着蓝蓝的天对我说，你坐在木盆上吧。

我说，这是木盆，又不是凳子，我才不坐呢。

小伍子说，你以为你是学校的马校长，走到哪儿还想坐凳子？

小伍子知道我是不会轻易坐到那只木盆上去的，他有些失望，便拧着脖子东张西望，想找一个能够替代我的人，坐到那只木盆上去。

这时他就看见了张裁缝的女儿梅朵儿正从一棵树下向我们走了过来。

梅朵儿那时大约只有五岁，她扎着马尾巴小辫，走路的时候，小屁股还一翘一翘的像一只小鸭子。

小伍子的脸上当下就爬满了阳光，他对梅朵儿说，嗨！你走了这么长时间的路，累不累？

梅朵儿点了点头。小伍子说，我就知道你累，给你准备了一只木盆。现在你就坐在这只木盆上歇歇吧。

梅朵儿可高兴了，她坐在了那只木盆的上面，像向日葵一样绽开的脸朝着我们笑。

我的心里有些不高兴了，走上去一掌将梅朵儿从木盆上推了下去。我虽然不想坐到木盆上去，可当梅朵儿坐在那上面时，我的心里却生出了几分嫉妒。

我说，你凭什么坐？要坐也是我坐。

梅朵儿坐在地上哇哇地大哭了起来，泪就像雨点一样地打在地上。

我发现泪滴还在脸上流时，是泪。可一旦它打在地上了就和雨滴没有什么区别。

小伍子说，你这人真是怪了，刚才叫你坐时，你不坐，现在人家坐了，你却和人家抢开了。小伍子说，我看还是你们两个都坐在上面吧。

我和梅朵儿背靠背地坐在那只木盆上面时，我听见她还在伤心地抽泣，很伤心的样子。

小伍子却是很兴奋，他从身上掏出一盒火柴，然后很从容地用火柴点着了导火线。导火线散发出来的火药的气味很好闻。

过了一会儿，我们就听到了惊天动地的一声响，有人就喊了一声：不好了，出事了。

紧接着，我们就看见很多人从屋子里跑到了街道上，再从街道上向我们跑过来，再从我们面前跑过去，一直向镇子外的河边跑去。

他们嘴里喊着"不好了，出事了"，可他们的脸上却都异常的兴奋。

小伍子站在那里，看着那一群一群的人向我们跑来时，显出了他惯有的敏捷，他是不放过任何热闹的机会的，他丢下了我和梅朵儿，也跟在那些人的屁股后面向河边跑了过去。

我拉着梅朵儿的手，从那只木盆上跳了下来，也向小伍子追去。

梅朵儿的手被我拽着，一边跑一边说，那些人都到河边去干什么？

我说，去看热闹。

梅朵儿说，热闹是谁呀？

我说，我也不知道热闹是谁，我们去看看不就知道了。

这时，我们突然又听到了惊天动地的一声响。我们回过头，就看见我和梅朵儿刚刚坐过的那只木盆在一片烟雾中，就像是只笨鸟一样飞向了蓝天。

羊

鬼知道是怎么一回事，有一天，我独自一人在我们小镇后面的一座山里放羊时，把我们家的那头小母羊给弄丢了。我在山里转悠了大半天，也没能将它找到。

小母羊对于我们家来说，是很重要的。我们家的柴米油盐以及我上学的学费，都装在它的那个肚子里。父亲几乎就没有让它的肚子消停过。只要它瘪下来，父亲就忙前忙后地张罗着给它找公羊，让它生小羊。我们全家也都喜欢小母羊肚子鼓起来的样子。

现在小母羊丢了，我知道，我丢的不仅仅是一只羊，我丢的是全家人的钱袋子。

我坐在一块石头上哭呀哭，我想哭出个人来帮帮我，可山里除了石头，就是树，我的哭声没有人能听得见。

后来，我发现前面的山根儿有一个往外流着水的洞口。

我跑过去，钻进了那个洞里，沿着那条小溪朝里走去。

我的羊丢了，我想把我藏起来。

洞里的溪流不大，它从我脚下流过时发出的声音很好听。

我也说不清我走了多长时间，眼前突然就开阔了起来，河也变得宽了，眼前也变亮了，水绿草肥，我看见那清澈见底的河水里游着一群一群的泉鱼。

再往前走，突然听见一阵羊的叫声，我心里一喜，我想，我的羊要找到了。

我沿着羊叫的方向走过去，看见的还真是一群又肥又壮的羊在那里吃草呢。尽管有许多只羊，但是，我还是一眼就看见了我们家的那头小母羊。因为我们家的那头小母羊的毛是一色的黑，在那群一色白的羊群里显得格外地扎眼。

看见了羊，我的心也就放了下来。我就坐在那条小溪边看着羊们在那里吃草，我不明白这个洞里怎么会有这么多又肥又壮的羊。我一直想数一数到底有多少只，可我到底还是没有数清。

后来，我费了很大的劲才把我家的那头小母羊从那群白羊中赶出来。天黑的时候，我总算把它赶回了家。

那天晚上，我把我在那个流水的洞里看见一群白羊的事，告诉了我的父亲。我对父亲说，那羊真是又肥又多呀，我数都数不清。可我的父亲听了我的话，说什么也不相信。他说，怎么可能呢？我在这山里生活了几十年了，什么时候发现那山里还有一个洞了。你还说洞里还有羊？

第二天，父亲又去问镇子上别的人，他没有说羊的事，他只是问那些人山里是不是有一个洞。那些人听父亲这样问都奇怪地望着父亲，说，那山里是根本没有什么洞的。

不过，也就是从那天起，我们镇子里的好多人还是知道了关于山洞和羊的事，他们都去了那山里，他们都去找过我说的那个洞和那群羊，可是他们都没有找到。

这之后，我们镇子的人都把我称作爱撒谎的孩子。可我却不明白，他们嘴里都说我是说的谎话，可为什么都要去山里找那个山洞和那群羊呢？

长脚的鸡蛋

　　我的母亲是一个贤惠却又很节俭的人。

　　我们家喂了五只母鸡。每天早上，我母亲起床后的第一件事，就是打开鸡舍，将手一一伸到母鸡们的屁股后，试一试鸡的肚子里有没有蛋。

　　我们家的母鸡不太懂事，母亲对它的操心它根本不领情，有时候它甚至是故意要和母亲作对似的，为了寻一点食物，没远没近地跑。这样的结果就是：等它发现自个儿要下蛋时，才发现它的屁股已没有力量将那枚蛋夹住了，它们就将肚里的蛋下在了别人家的鸡窝里。这事很是让母亲头疼。母亲为此也想了许多办法。比如估计那只母鸡要到下蛋的时间了，她就会走到村子的街道上去将母鸡唤回来。

　　过了一段时间，母鸡们竟然被母亲的唤声训练得很有时间观念了，它们就像我们镇子里那些按时上班的工人一样，早上准时出门，到了要下蛋时，按时回来将蛋下在自己的窝里。

　　可我们家里的鸡蛋数与母亲预想的数字有一些出入，母亲便将这事怀疑到小寡妇九岁的儿子大宝的身上。

　　小寡妇的儿子大宝平时手脚不太干净，有人丢了东西很容易就会想到他的头上。

　　小寡妇知道了这事，用一只扫把，将他的儿子大宝狠狠地揍了一顿。

大宝被小寡妇揍得像鸡一样满院子里跑。

那一天下午，我们都看见大宝一个人坐在他家的门槛上哭。

可是，第二天，当我家的那只年轻的母鸡刚下完蛋时，我发现大宝又探头探脑地躲在我家鸡舍旁的一棵树后面。

我想去抓住他，却见他朝我招了招手。

我向他走过去，顺着他手指的方向看去，看见一条蛇正盘在我家的鸡窝里，张着大嘴将那只母鸡刚下下来的鸡蛋往肚子里吞。

那是一条多么聪明和狡猾的蛇呀。我们看见，它将鸡蛋吞进肚里后，就像一个孕妇一样扭动着笨重的身体，爬上了一棵树。

就在我们担心那蛇会不会被它吞进肚子里的鸡蛋撑死的时候，那蛇却突然一纵身从树上跳了下来。随着一声响，刚才还是鼓鼓的鸡蛋碎在了蛇的肚子里。

后来，寡妇的儿子大宝就上去抓住了那条蛇。大宝觉得就是那条蛇让他背了黑锅，让他蒙冤，让他不明不白地挨了一顿打，让他坐在门槛上哭泣了一个下午。

大宝让我去找来了一把镢头，我们在树下挖了一个坑，大宝将蛇头埋进坑里后，又用一截草绳紧紧地将蛇的尾巴绑住。

做完这一切，大宝让我脱下裤子，我们对着蛇尿了一泡尿。起初，那蛇就像一条牛尾巴一样不停地在空中甩动着；慢慢地，那蛇就像一根旗杆一样，竖在那里不动了，而且身子变得越来越粗。

那条蛇后来死了，它是被肚子里的气憋死的。它的身子爆裂时，我们看见那只被它吃进肚的鸡蛋黄黄地流了一地。

离奇的远行

　　木匠的儿子长根子九岁了，鼻子下面早晚都吊着两吊蜂乳一样的鼻涕，可他却像木匠一样聪明能干。他上学时用来装书的木匣子就是他自个儿做的。

　　我十二岁的那年夏天，木匠的儿子长根子在一节竹筒上蒙了一块蛇皮，制作了一把胡琴。胡琴做好了，只是缺一把能拉响它的弓。

　　长根子说，现在，只要有了马尾巴，他的胡琴就可以唱歌了。

　　秋天来临的时候，寡妇的儿子大宝告诉我们，离我们镇子四十里外有个叫云镇的地方，他听人说那里有个马车店，还养着几匹瘦马。大人们说，马瘦毛长。听了这话，一根长长的马尾巴就在我们的脑子里唱起歌来。

　　于是，我们开始了我们人生中的第一次远行。

　　我们在一个漆黑的早晨出发，翻了几座山，蹚过了几条河，中间还穿过了一片开满了野花的丛林，到了那个叫云镇的地方。

　　我们在云镇那破旧的街道上转了一圈，并没有找到寡妇的儿子大宝说的那个马车店，我们甚至连一声马的叫声都没有听到。街道上都是那种手扶式拖拉机，跑起来一蹦一蹦的。我们开始埋怨寡妇的儿子大宝，说他不把事情弄清楚，让我们英雄白跑路。

大宝辩解说，也说不定原先是有的，只不过那养马的人也和胡登科一样肚子里有个酒鬼，有个领导，他不得不将马卖了，换了酒喝了。

我们正要争辩，突然听到一阵锣声响起。我们都是喜欢热闹的人，就连忙向锣声响的方向跑过去，看到了一个人在一圈人中间玩猴戏。

我们暂时忘记了马尾巴的事，一头钻进人堆里看起了猴戏。

那只不听话的老猴子很让我们开心，它总是趁耍猴人不注意时，纵身去撞耍猴人那肥大的屁股。有几次耍猴人都被它撞了个四仰八叉，像影子一样躺在了地上。

太阳的影子从西边长长地拖在我们身体东边的时候，我们决定回家。

走在回家的路上，我们才开始感到了饥饿和疲倦。

我们开始想家了，我的脑子在那个时候完全变成了那个耍猴人的屁股了，我家房顶上那个冒着炊烟的烟囱，就像是那只调皮的猴子，时不时地撞进我的脑子里，挥都挥不去。

我们走到一个小村子时，太阳都开始落山了。我们看见那里停着一辆拖拉机，我们就在那辆拖拉机旁转来转去。我们想，要是能坐上这家伙回家该多好。

这时，一位满脸胡子的男人向我们走了过来。他打量了我们一阵，就问我们是不是没有坐过拖拉机？我们说，是的。他又说，是不是很想坐一坐？我们说，当然是了。

我们坐在拖拉机上，大胡子却变戏法似的取出几只瓦罐交给我们一人一只，他让我们帮他将瓦罐抱在怀里，以免瓦罐被撞坏了。

这时，我们才明白大胡子让我们坐他拖拉机的真正目的。可是，我们的心里却很高兴。

拖拉机开动了，我们就像热锅里的豆子，在偌大的车厢里被颠得滚来滚去。我们的头上甚至都被撞出了大大小小的包，可我们紧紧抱在怀里的瓦罐却没有受到一点损坏。

后来，我们听到了狗叫声。我们下车时才发现，我们又回到了那个叫云镇的地方。

偷苹果

庄子里有个叫张财旺的老人，大人们让我们叫他旺叔。

旺叔住在离庄子很远的半山坡上，独门独户，吃水都得走两里多地。庄里的人都劝他搬到庄子里来住，旺叔死活都不搬，他说他喜欢清静。其实庄里的人都明白，旺叔真正的意图是舍不得他房前屋后的那些树。

旺叔的院子里有很多的树。到了春天，花红叶绿、蜂飞蝶舞的，如同大人们说的神话世界一样，让我们向往不已。

旺叔的院里果树的品种也很多，樱桃呀，核桃呀，柿子呀，葡萄呀，一茬旺过一茬。当然最最吸引我们的还是他家后院的那棵苹果树了。到了秋天，那红嘟嘟的苹果，勾引得我们这些嘴馋的家伙，天天都在绞尽脑汁地打着偷苹果的主意。

一般情况下，到了这个时候，旺叔就像一条忠于职守的狗一样，寸步不离地看管着那棵苹果树。

旺叔的眼睛不太好，见风落泪。按说，女人坐月子受了风寒，大多容易落下这种毛病，可旺叔不知怎的也就如此了。在他的眼里，十步之外，树桩都成了形迹可疑、鬼鬼祟祟的人。旺叔只好将家里的门板卸下一块，在树下支了一张床，从早到晚地守在树下，巴望着苹果能早日落枝。旺叔这一招可真歹毒，急得我们这些嘴馋的家伙，就像庄里讨不上老婆的汉子一样无所适从。

这年秋天，苹果熟了的时候，旺叔家的老母猪下了一窝崽。那时，山里的狼多，旺叔在守着苹果的同时，还得操心圈里的猪崽子。

一天下午，等庄里的小伙伴们在旺叔的苹果树边潜伏好了后，我偷偷爬进了旺叔的猪圈里，抓住一只猪崽，就拼命地拧它的耳朵。小猪崽子哪里受得了这种折磨，放开嗓门哭爹喊娘地叫唤起来。旺叔以为是狼来偷猪崽子了，急得从门板上滚下地，一边吆喝，一边向我追来。我拧着猪崽子的耳朵，在前面不紧不慢地跑着，直到把他引到后山上，才将猪崽子放了。旺叔抱着猪崽子回到家里时，我的那帮小伙伴们，早已将他树上的苹果洗劫一空。旺叔自然不知道这些，他将猪崽放回猪圈后，依然躺在那块门板上，一日一日地守着他的苹果树，高兴的时候，庄里人还会听见他情不自禁地唱上几嗓子山歌小调呢。

一个瓦罐盖

那时候，我刚上学。

一天下午放学回家，家里人都下地干活去了，我便从门槛底下掏出钥匙开门。

放下书包，又饥又饿的我，便冲进灶房去端饭吃。母亲将做好的饭温在锅里，我揭开锅盖时，一股香味扑鼻而来，我便手忙脚乱地去锅里舀饭。情急之中，家里那只装盐巴的瓦罐被我撞翻了。一声脆响，瓦罐盖裂成了两半。

这下完了，这个瓦罐虽不值几个钱，可它是母亲的嫁妆，这事要是让母亲知道了，一定不会轻饶我的。正在我惊慌失措之际，门响了一声，我回过头见是父亲回来了。地里的种子不够了，父亲是回来拿种子的，见了父亲我更吓得不轻，急忙想用身子挡住那打成两半的瓦罐盖，可父亲还是发现了。

父亲笑了笑问：咋了，不小心将盖打了？做啥事都这么毛手毛脚的。

父亲的笑，使我顿时感到轻松了不少，可一想到母亲过日子时恨不得将一分钱掰成两半花的细致劲，我的心里还是害怕得要命。

我说，我不是有意的。

父亲说，打了就打了吧。

我说，可娘知道了咋办？

父亲想了想说，别怕，我们一起来想个办法吧。说着，父亲就将那碎成两半的瓦罐盖重新合拢，轻轻扣在了瓦罐上。

父亲说，你要装成跟平常一样，压根就没发生这事似的，一定噢！

我疑惑地点了点头。

父亲的这一招可真不错。第二天早晨，母亲一大早便起床做饭，正是下种的季节，工夫比啥都金贵。

母亲像往常一样，轻手轻脚、很仔细地做着一切，可就在她伸手揭瓦罐盖拿盐时，拿起的罐盖在手里裂成了两半。

母亲惊讶地"哟"了一声。

在灶膛里烧火的父亲装模作样地问道：咋了？

母亲说，你看，你看，这刚一拿罐盖就破了！

父亲说，看你笨的！拿个罐盖，也不是搬石头呀，费那么大劲，不破才稀奇哩。

母亲说，我哪里用劲了？我不知道这是罐盖？

父亲说，破了就破了吧，也许用的年头太久了，朽了。

那时，我被父亲抱在怀里，看到这一幕我真想笑，可父亲用手捏了我一下，便把我的笑给捏回去了。

许多年过去了，那时，我们家的日子已经很好过了。家里的房子也翻盖了，有了电视机和新家具，银行里还有了一些存款。一天，我们一家人又围成一块吃饭。大哥说，安平两口子也是的，吵架就吵架吧，还比着摔东西，竟然连电视机都摔碎了，好几千元呢。母亲听了这话，突然就想起了那个瓦罐盖。她说，那次，我不小心捏碎了一个瓦罐盖，心里都可惜了好长时间呢……

听了母亲的话，我和父亲相互望了一眼，忍不住哈哈大笑起来。母亲听我们笑，奇怪地望着我们，说：还有啥好笑的！时代不同了嘛，那时候，一个瓦罐盖是一件重要的家当呢。

父亲终于停止了笑，说出了事情的原委。母亲听了，先是有些吃惊，继而也哈哈大笑起来。

扳着指头数到十

那一年，刚过完年，爹就让娘收拾东西，说要回单位上班。

其实也没啥东西可收拾的，几件洗净的旧衣裤，再就是过年时娘熬更守夜给爹做的一双新布鞋。

爹爱吸烟，娘就把切碎的旱烟装了一小布口袋放进包里。娘还将自家熬的红苕糖用刀背敲了一块用纸包了，塞进包里。

爹在一个很远很远的地方工作。爹说那地方白天狐狸都敢偷鸡呢。

我和娘把爹送到道场边。爹忽地记起什么似的，从衣袋里掏出一块钱，爹说，坎上的瓦匠昨天又犯了病，抽空去看一下。爹说话时手又在我的鼻子上刮了一下。

我说，爹，你几时回来？

爹笑着说，个把月吧。

爹就走了。

我问娘，个把月是多长时间，娘说，个把月就是一个月，也就是三个十天。

那时，我还没有念书，扳着指头刚能数到十。

第二天，我随娘一块儿去看瓦匠。我们家的老房子漏雨，娘看瓦匠时就说了烧点瓦盖房子的事。回来时，我偷偷将瓦匠和好的泥包了一疙瘩。

娘还是看见了，娘说，快给瓦匠送回去，那泥是做瓦用的。

我说，我也是有用途的。我每天用泥捏一只小狗，捏够三十个了，爹不就回来了。

娘就笑了，没再逼我将泥给瓦匠送去。

当天晚上，我便用泥捏了一只小狗，丑丑的小狗。我把它放到了屋檐下的鸡圈顶上。

开始时，我每天用泥捏一只。过了几天，我便有些急了，我知道爹每次回家，总会带些好吃的东西给我吃，娘也会做好吃的给爹吃。我便趁娘不注意时，隔个一天两天偷偷多捏一只放进去。

过了一段时间，我问娘，爹咋还不回来？我的小狗已够三个十了。

娘说，哪能呢？咱的鸡一天一个蛋，才一个十零九个呢。

娘也不识字，她记日子的办法和我一个样。

日子过得很慢。

我在焦急的等待中，终于盼回了爹。

娘急忙从箱底摸出几个鸡蛋去做饭。我便从鸡圈顶上拿来那些小狗十只一堆，放了五堆零三只。

我说，爹，你这次走的时间真长，我的小狗都五个十还多了三只呢。

你肯定多捏了。爹边说边去掏他带回来的包。爹说，我是每天攒半个馒头。看看，34 个半边，刚好是 34 天呢。

娘在灶间听了我和爹的对话，也插了言：狗娃，你是不是偷了娘的鸡蛋？我就揣摸着不对劲，数来数去咋就差一个呢。

爹就嘿嘿地笑了，娘也笑了。

那个鸡蛋是我偷的。我把它打碎，装进一节竹筒里烧着吃了。

卖"哟嘎"的人

　　我们庄子的人都很懒散，许多人只图个有吃有喝就心满意足了。空闲下来的时间，就三三两两地坐在庄子口晒太阳，说些庄前庄后的一些陈芝麻烂谷子的事。当然，晒太阳是不用待在树下的，那样树的枝枝叶叶就会把太阳挡住。可是到了夏天，太阳大的时候，就得找一棵树了。我们庄子是有很多树的，随便哪一棵树都可以遮阴挡阳。

　　庄口永远都是庄子里最热闹的地方。那些外地来的卖针头线脑的小货郎呀，走村串乡卖狗皮膏药的游医呀，还有那些磨剪刀补锅卖老鼠药的，到庄子里来了，都会聚到那里。这使庄里的人长了许多见识。

　　那年夏天，庄子里来了一个人，那个人眉眼粗大，嗓音洪亮。人还未进庄子，那吆喝声先在庄子里绕了几圈。

　　卖——哟嘎了！卖——哟嘎了！

　　庄里的人都觉得稀奇，这卖儿卖女、卖爹卖娘的都见过，还从来没听说过卖什么哟嘎的。等那人走近了，都纷纷伸长脖子围了上去。

　　那人倒是不急不躁。他在一块石头上坐下，与庄里人讨了一碗水喝了，又抽了一袋烟，方才慢慢悠悠地掏出一些小纸包来。

　　纸包不大，也没有什么特别之处，全是用写过字的作业纸包成的。有人就让他打开纸包先让大家见识见识哟嘎是个什么东西。那人笑了笑，说，这东西嘛——是很有意思的，你得买了它才可以看的。

哟嗐倒也不怎么贵，两分钱一包。一个人带了头，其他人也都跟着买了。

把包递给交了钱的人时，那人总忘不了要交代一句：打开包时小心一点！

大家都急于想知道这哟嗐到底是个什么东西，自然有些手忙脚乱。那包刚刚打开，还未等弄清是怎么一回事，只见一团黑影从包里射出，早蹿得无踪无影了。看的人禁不住同时发出一声——哟嗐！

哟嗐——！哟嗐——！

一时庄子口里四处响起哟嗐之声。

后来，从别的庄子里传过话来，说那包里包的其实是整天在我们身边嗡嗡嘤嘤、四处乱飞的蚊子。只是那蚊子被包在包里憋急了，你一打开包，它自然会迫不及待地要飞走的。而掏钱买这包的人在打开包的时候，还没看清是什么东西，那蚊子就飞走了，自然会发出一声遗憾：哟嗐——！

知道了这事，庄子的人才明白是上了一个有趣的当，一时，个个都笑得直不起腰。想一想，两分钱买了一个开心，也值。

父亲的剃刀

　　大概是在上小学四年级以前，我的头都是被父亲用那把劐猪用的剃头刀拾掇得干干净净的。因为我的头生来就坑坑洼洼，在父亲的眼中，压根儿就是不该长什么头发之类的东西。每次剃了头，父亲总是很得意，像牵一只狗一样，拉着我在村子里溜达那么一圈。村里人看了我那油光泛亮的头，就会啧啧地夸父亲剃头的手艺高。

　　那一圈转下来，我家的院子很快就热闹起来。村里的汉子们蓬着一头乱发来了，父亲连忙从烟包里撮出一撮烟，然后手忙脚乱地从那个经烟熏火燎的吊罐里倒出水，给汉子洗了头，拿起那把剃头刀，拇指轻轻地在刀刃上刮了刮，开始给汉子剃头。父亲剃头的手艺的确不凡，无论是怎样的头，在他的手里，都像是刨洋芋似的显得很轻松。有时也发生意外，锋利的刀刃划破某人的头皮，父亲便慌得不得了，或者用香灰敷住伤口，或者用我的热尿止住了血。以后剃头的日子，父亲就格外小心。

　　几个月下来，挣了不少钱，一家人碗里的油珠珠也比往日多了几滴。父亲便很高兴，时常给我们好脸色看。他展开那猪大肠似的五指在我的头上摸了又摸，摸着摸着，父亲就来了兴致，对着我哥吆喝一声：烧水。家里人都明白，父亲这是要自个儿给自个儿剃头了。这时候，父亲是轻易不剃我的头的，我的头是等到关键的时候，再用来显山露水。果然，父亲用皂荚水洗了头，从山墙上取下一顶草帽，让我捧着接那刮掉的头发。尽管那剃掉的头发再没有什么用场，每次剃头，总要把它接着，然后再塞进屋子的墙洞里。我不知道这中间是怎样一种讲究和计较，但却发现，麻雀们却在那里找到了一个很温暖舒服的家。不是么？就在父亲洗好头的当儿，正好就有两只麻雀从那墙洞里跳上枝头。父亲并没看见这些，拿了那把剃头刀，开始给自己剃头。院里早围满了看稀奇的人。父亲开始剃头了，他先从最好剃的地方下刀，剃得极慢、极小心、极胆怯。眼看好剃的地方剃完了，看的人便将鼻孔出的气从鼻孔里憋回去，好久好久才从张大的嘴里吐出一口。父亲的嘴角便露出一丝不易觉察的笑，将剃刀在空中绾了个花子，极快地伸向自己的脑后。他手起刀落，只那么三五下，那最难剃的地方的头发早已落进我捧着的草帽碗里了。等父亲收拾好剃刀，场院的人似乎才回过神，憋了好久的气，顿时化作一阵呼喊声爆满了场院。

父亲的这一次剃头，并没有给他带来好运。剃头的人反而来得愈少。偶尔来的，都是些上了岁数的老头。我明白这是为了什么，太明白了！村里小学新调来了一位姓杨的老师，那是个很年轻的后生，没长胡子，但那"半边瓦"的头好生招惹人呢。村里的后生们有事没事就明目张胆地朝杨老师那儿跑，每次去了，总是问同一个问题：你头的这种式样是咋整出来的？杨老师便说是推子推出来的，"赶明我再回城了带一把来"。这事最终被父亲知道了。知道了，父亲就变得愈来愈沉默寡言了。

那是个非常闷热的中午，父亲又蹲在门前土场边的核桃树下磨那把剃头刀。太阳很毒，房子那么大一棵树，地上只有筛子大小的一块块阴凉。太阳的光线透过浓密的枝叶，在父亲那件对襟的汗衫上印出了块块斑点。父亲磨剃刀还从没有费过这么长的时间，直到母亲第三次去喊他，说我的头已洗过好几遍，他才缓缓站起来。但父亲并没有朝我走来，而是径直走进了灶房。等他出来时，手中多出一个白瓷老碗。

父亲让母亲拴了院门（这是父亲剃头史上前所未有的事），然后对我说："你喜欢小学杨老师那种式样的头型吗？"我望着父亲手中的剃刀，迫不及待地点点头。父亲说："那好，我给你剃一个吧。"那一刻，我看着母亲那张得比父亲手中老碗还大的嘴，真不相信自己的耳朵。但未等我反应过来，父亲手中的那只老碗已扣在了我的头顶，碗沿口之外的头发，被父亲手中的剃刀一点点地刮去……

与此同时，村子学校的操场上，像举行盛典似的，正云集着全村的人。众目睽睽之下，杨老师用他那把刚从城里带来的推子，为村里的一后生理头。

这天下午所发生的事，是可想而知的……只是父亲从此再未给任何人剃过头。那把剃刀也被父亲用三尺红绸包裹着压进了箱底。直到后来，我们兄弟分家时，父亲才将它拿了出来。

分家时，我没有要其他的家产，只要了那把剃刀。为此，妻子还狠狠责怪了我一顿。面对妻那愤怒的面孔，我只是笑了笑。我想，将来等我的儿子长大时，他所拥有的一切，远远比我们这个时代使用的东西先进得多，而这篇文字和与这篇文字相关的那把剃刀，他绝对不会再有。

太阳·月亮

　　那个黄昏，天极冷。太阳早早地落下去了，月亮却迟迟不愿升起来。在村外那间破烂不堪的茅屋的矮墙旁，依偎着两个衣不蔽体的孩子。一个是男孩，另一个是女孩。茅屋的墙皮久经风雨蚕食，很是粗糙。只要动一动身子，尘土便簌簌朝下直落。

　　这是姐弟俩。弟弟手里正握着一把从墙上蹭掉的土渣，他一边漫不经心地将土渣从指缝里漏掉，一边梗着脖子、撅着小嘴，把目光游离开去，望着对面那座落着皑皑白雪的山。天好冷呢，风像刀子一样在身上削。有一吊清涕从弟弟撅起的小嘴上挣扎出来，直直地悬向了半空。姐姐呢，手里握着一只冻得铁硬的馍馍，很温和地望着弟弟。

　　姐姐手里的馍馍是黄昏前从村子里讨来的。尽管姐弟俩赶了两天的道，连一星半点的东西都未吃，已是饥肠辘辘了。可现在，馍馍只能捏在姐姐的手里了，因为，方才为了这馍馍，姐弟俩你推我让了好长时间，谁也不愿意先吃一口。

　　姐弟俩是赶往山那边的一座小城去的。他们的父母在十几天前双双被一支穷凶极恶的队伍抓去，扔下了这可怜兮兮的姐弟俩。听说，明天天亮前，在那座他们从未去过的小城里，他们的父母将要被处决。他们无论如何要在今夜爬过这座山，他们的泪早已流干了，只想在爹妈赴刑前去和他们见最后一面。

可这天好冷好黑呀。

两天的跋涉，又冷又饿。走到这里他们实在走不动了。姐姐便让弟弟在这座破屋旁等她。她遂去了村里讨了这块馍馍。可是馍馍讨来了，谁也不愿先吃。

后来，姐姐走过去，她用破袖头揩掉了弟弟嘴前的那吊清涕。弟弟真是好可怜呀！

"好冷呀。"姐姐说，"要是有太阳该多好。"

"冷呢。"弟弟说着把疲惫的目光从对面那座满是白雪的山上抽回来，望着冷得缩着脖子的姐姐。

"弟弟，你将馍馍给我们咬成个太阳形，也许我们手里握着这太阳去爬那山，就不冷了呢。"姐姐说。

弟弟嘴里开始嚼动，声音很响，像牛犊嚼干草的声音。姐姐嘴里也开始有了响声，不过很细嫩，那是她将嘴里冒出的一口口水悄悄朝肚里咽。

很快地，姐姐就看到弟弟手里的那块馍馍，真变成了一个太阳，真正是个好太阳，圆圆的。姐姐菜黄色的脸上有一丝笑洋溢开来。

突然，弟弟嘴里的响声停止了。夜突然寂静得有点可怕。弟弟似有所悟地抬起头，望着脖颈尚在蠕动的姐姐，望着姐姐那略含得意的脸色。

弟弟说："姐姐，天好黑呢，过那座山怕是摸不着路呢。你给我们咬个月亮吧，有了月亮照着，爬山就不会走错方向……"

弟弟说着，将手里的太阳递给了姐姐。

姐姐欲推辞，但见弟弟那小嘴正要撇起，就接了过来。

姐姐嘴里开始了嚼动，声音小小的，如同蚕吃桑叶一般。

一会儿工夫，姐姐手里的太阳就真的变成了月亮呢。不过，这是一个十二三的月亮，很饱满的。

"有太阳就不冷了。"

"有月亮就能看清路了。"

……

就这样，一块馍馍，一会儿在弟弟手里变成了太阳，一会儿在姐姐手里变成了月亮。直到后来，没了太阳，没了月亮，也没了馍馍。

姐弟俩便从矮墙下站起来，手拉着手，一前一后向那座山走近。"今夜无论如何要爬过那座山。"他们想。

天很黑了，太阳早早地落下去了，可月亮却迟迟不愿升起来。

游 戏

　　城市的一角，一群孩子正在玩一场游戏。他们先将所有参加游戏的人分成两派：一派是正面人物，另一派是反面人物；之后，他们就各司其职，全副武装，开始了一场有趣的战斗。战斗一开始就进行得非常激烈，许多敌人在正义的枪口下纷纷被击毙。当然，那些被打死的敌人，很快就会从地上爬起来，又组成一股新的反抗势力。接着，敌人里的一名要员就被活捉了。两名战士十分荣耀地将俘虏押送到司令部那里（司令是统管正反两派的）。司令犯了难，他事先并没有想到敌人会被活捉这一点。参谋便说："司令，咱设个牢房吧！"司令觉得这个建议不错，就用粉笔在水泥地上画了大大一间牢房，命令把俘虏押进去，并让两名战士守在牢房的门旁。

　　其时，战斗进行得正激烈。呼声、喊声、哒哒哒的枪声此起彼伏响成一片。两名看管的战士听着喊声杀声，看着那激烈的战斗场面，实在有些耐不住了。心里痒痒得如同兔跳。就在这时，其中一名战士急中生智，想出了逃脱这苦差事的办法：他用粉笔在牢房的门旁画了两个高大的持枪者。当时，司令手下人员正告急，一看这法儿挺不错的，就满脸高兴地给他们安排了新任务。

　　过一会儿，那名俘虏也实在有些忍不住了，也效法用粉笔在牢房里画了一个人儿。然后，也投入火热的战斗中去了。不过，这次他已脱胎换骨，成了正面人物里的一员。

敌人一个一个被俘虏。但这次俘虏来的敌人，只在牢房里待一会儿，就被用粉笔画的人取代了。

很快地，敌人被活捉光了，所有被俘虏来的敌人都变成了正面人物。只是地上画的牢房已排成了长长的一串，并且里面都满满地关押着画的俘虏。

没有了敌人，仗就无法再打下去，也无须再打下去。于是，在参谋的提议下，大家又玩开了"过家家"。男孩女孩自然搭配开。司令用粉笔在牢房前画了一条街道，让大家依次沿街道的两旁给自己建造家园。

这次，大家的兴致似乎比先前更大。他们开动脑筋，都想把自己的家园设计得别具一格，时间不长，一座新型的城市就初具规模：亭亭玉立的中式小洋楼，拔地而起；错落有致的俄罗斯建筑，别具风味；雕梁画栋、飞檐斗拱的仿唐建筑，古香古色；还有北京的四合院，乡村的茅庵草舍更显匠心独运。有的还在房舍的后面修了草坪、花园、游泳池、娱乐场等。同时，街道上也有了熙来攘往的行人车辆。此时，这些孩子们似乎被这些美丽的建筑陶醉了。他们索性将自己也画进这个迷人的城市中去了。他们想象着自己在那碧绿的游泳池中游泳的矫健姿势；想象着自己在这座城市开车穿行而过；想象着自己在这座城市中能进行的一切，似乎自己已主宰了这座城市。

在这群孩子中，只有那个第一次做了俘虏的孩子似乎和大家有点不一样。他没有将司令给自己画的地盘建成自己的家园。他将那块地方设计成了一所美丽的校园——那是这个城市永远也找不出第二个的校园。然而，就在他刚刚把这所校园建好时，突然响起了一阵汽车的喇叭声。大家抬头望去，一辆洒水车呼啸而来。

孩子们不得不离开那里，他们恋恋不舍，却又无可奈何。他们眼巴巴地看着那座美丽的城市被洒水车喷洒出来的水柱吞食掉。就在这时，孩子们忽然发现，那个画了校园的孩子却依然定定地站在那里，他似乎对洒水车的到来视而不见。洒水车不得不停下来，司机恶恶地跳下车，气势汹汹地朝那孩子走过去。

事情并非像人们想象的那样发展下去。当那司机走近那孩子，望了一眼孩子面前的地面之后，他笑了。他摸了摸那孩子的头，然后跳上车，关掉了车上的水闸。车慢慢从孩子身旁开过去，直到很远很远了，司机才打开水闸。于是整个街道就出现了一块干干的地面，那地面站着那个孩子，那孩子泪流满面地望着那地面上的校园。

没有差生

　　那年秋天，我考上了初中，在我们村，我算是第一个初中生呢。父亲高兴得手在光溜溜的脑壳上不停地捋着，从院子里跳出跳进。之后，他便驮了新的铺盖，将我送往乡办中学。父亲说："你要好生念呢！"长这么大，父亲从来还没有这般对我好过，我心里暗下决心：爹，你就放心吧，我一定要给你脸上贴金！

　　然而，后来的事却令我大失所望。开学的头一天，学校就宣布了一个决定，按学习成绩，我被划归到了慢班。我那种踌躇满志的情绪一落千丈。我是被人过了筛的瘪糠皮皮了。给我们上课的那个翻嘴唇的马老师，更是窝了一肚子的火，他觉得把他分来给我们上课，对他是莫大的侮辱。在上每一节课之前，他总是愤怒地大发一通宏论：他说我们是榆木脑袋开不了窍；他说我们是朽木雕不成大器……我们的心算是彻底灰了、冷了。再逢马老师给我们上课，大家不约而同地开始试演小小的恶作剧。我们将讲桌的两条腿顺讲台的边沿放过去。马老师上课时，两手往讲台上一撑，人连讲桌一起就翻下了讲台。这是大家给马老师悬崖勒马的一个警告，其结果却是，马老师再进教室时，脖子上的青筋一天比一天暴得更高。好容易熬过了一个学期，学校在无可奈何的情况下，给我们班换来了一个新老师——何柳柳。

何老师给我们上第一节课的那天，是个晴朗的日子。教室外小河的柳树已爆满了嫩闪闪的绿芽。微风吹来，那柳枝就在窗外的那方天空下纤纤地晃动。我们全班的同学，为了给这位新老师一个好的印象，都正襟危坐，欢喜了脸面，一边唱歌，一边盯着教室门口。两只手掌拉开距离，做着随时鼓掌欢迎的姿势。然而，当何老师真正走进教室的那一刻，全班同学竟然被她那满脸洋溢的灿烂的微笑感动得忘记了鼓掌，那笑多感人呀：是亲切？是和蔼抑或是友善……我们谁都说不清，但那笑总是让人莫名其妙地联想到了儿时对母乳的那份渴盼：既想用手去柔柔地触摸捏揣，又想将嘴轻轻地凑上去吮吸。直到后来很长一段时间，我们才发现，何老师那感人的笑其实并不在她的脸上，全在她那两汪山泉般透明的眼睛里呢，因为我们班所有的同学几乎都发现了一个秘密：我们全都是坐在她那双明亮的眼睛里听课的。

　　第一节课何老师并没有给我们上课文，她甚至连课本都没有带。她等我们稍微安静下来后，便从衣袋里摸出一副半新的扑克牌。教室里的空气突然之间显得有些紧张了。大家都麻木了脸，随时做着挨骂的准备（因为大家都以为那扑克是老师没收了我们中间谁的）。何老师见我们一个个耷拉着脑袋，大气不敢出的样子，扑哧一声笑了。

　　何老师说："同学们，你们信命吗？"

　　听了何老师的话，大家不由一愣。

　　"命运，我很信的，你们信吗？"何老师又说了一句。

　　这时，我们大家都豁然明白了。齐声答道："信的！"怎能不信呢？我们这些乡下来的孩子！

　　"好，那我就给大家算算命吧。"

　　何老师将手中的牌一阵鼓捣，然后又成双抽出，一一排开，样子极为虔诚。

　　许久之后，她抬起头，很认真地对大家说："告诉大家一个好消息，我们在座的人当中，将来一定会出十个大学生。"

　　这个结果使我们大吃一惊，但我们大家确实相信了，教室里立即响起一阵兴奋、激动的嗷嗷的叫声。

以后的日子，大家都窃窃地认定了自己是那大学生的料。大家有了自信心后，学习上果然都勤奋起来。

那一学期一晃就过去了，大家都意识到了时间的短暂。期末考试成绩下来时，我们班给学校投了一枚重磅炸弹，把学校所有的教师都给炸得目瞪口呆。因为我们这些一向被认为没有希望的差生，考出的成绩，竟然远远高出了快班生。我们高兴，何老师更是高兴。何老师在全校师生会上介绍了一次经验，我记得何老师仅说了一句话："在老师的心中，每一个学生都不是差生！"

时间一晃就过去几十年了，如今，我也当了老师。每当我站在我的学生面前时，我首先想起的就是何老师的话："在老师的心中，每一个学生都不是差生。"

油菜花儿黄

女孩是在冬天的时候萌发那个念头的。

那时候，天正下着雪。女孩倚在教室的窗前，看着楼群间瘦瘦的一块空地上，几个小孩正在忙碌着堆雪人，打雪仗。女孩的脑子在那一刻里，突然间就跳出了那个念头。

女孩很激动。

在以后的漫漫冬季里，女孩在那个念头的驱使下，心里便一遍遍地勾画着一幅遥远而朦胧的画：小桥、流水、村庄，垂柳袅袅的小河边，女人们正一边说笑一边洗衣服；岸边的田垄上是开得正热闹的油菜花；柔风细雨中，女孩看见自己正擎着一把碎花的小雨伞，在那一片金黄的菜地里跑呀跑……

春天就这样在冬季里已悄然走进了女孩的心里。女孩站在冰封雪冻的城市前，心里却黄黄地怒放着一片菜花。

许多时候，女孩都是很明白的，春天的影子还很遥远。她极力控制自己，不去想那遥遥无期的事。可是念头这东西，一旦产生，就仿佛是春天里的燕子，在女孩的脑子里飞来飞去，任你怎么挥也挥不去。

女孩坐在教室里，有些心不在焉，她时不时地发愣发呆。有时，她因被自己美好的想法而陶醉，竟会情不自禁、旁若无人地独自在那儿尽情欢笑。

　　女孩的班主任向来是个细心的人。女孩的这些异常表现自然被他捕捉到了。他还发现，女孩除了在课堂上有些反常外，私下里和班里的一个男生的往来似乎也有些不正常。他像一个好奇的猎人似的，随时随地地想从他们身上捕捉到某些信息。因此，女孩那被冬天厚厚的衣服裹着的身体里，洋溢出来的春天的朝气与湿润，他竟然一点也没发现。

　　如果说，在那个时候，女孩的班主任稍微和女孩做点沟通，女孩也许会把她心里的秘密说出来的。那时，女孩心里的那个念头，其实还很脆弱。可是，女孩的班主任没有这么做。他一开始就走入了误途。

　　"现在的女孩子呀，太早熟了。"女孩的班主任总是这样在心里叹息。

　　于是，女孩心里那个念头在无拘无束中，越来越膨胀了。

　　冬天还剩下一条尾巴时，女孩便悄悄开始为自己的行动做着准备：她为自己精心挑选了一把小花伞，还为自己买了一条大红颜色的纱巾。她想象着自己穿着一袭白裙，擎着这条火一般的纱巾，在金黄的油菜地里奔跑的样子时，心里别提有多兴奋了。

　　对于许多人来说，春天是无声无息、不知不觉间来到这个城市的。

　　"呀，春天来了！"大家都这样惊奇地感叹。

　　可是，女孩在这个春天来临时，她是听到了春的脚步声的。那是一种充满着青春律动的脚步声。

　　一个阳光明媚的早晨，女孩终于耐不住了，她和那个男孩悄悄背上了事先备好的行李，开始了他们蓄谋已久的行动。

　　为了实现那个美好的念头，他们已经等待了一个冬天。他们顺着一股泥土的芳香，在城市的郊区找到了一个公共汽车站。这个车站的所有班车，都是往乡下发的。

　　可是，等他们赶到车站时，却发现，他们的父母以及班主任老师正从一辆菜花黄的出租车里爬出来，挡住了他们的去路。

　　那一刻，女孩的脑海里，一片金黄的油菜花一闪就不见了，她看见她的父母以及老师的目光很陌生，很陌生。

一个男孩的美好愿望是这样破灭的

一

这是夏天的一个中午，男孩的母亲没在家。爸爸呢，躺在那把老旧的躺椅上睡着了。

男孩做完了父母布置的暑假作业，便觉得很无聊。他在屋里转了一圈，又转了一圈，似乎想找点有意思的事干干或者找件可玩的东西玩一玩。可满屋子里都没有一件能令他感兴趣的东西了——那只塑料小手枪和缺了一只轮子的小汽车都被父母收拾了。

男孩想了想，便找出一支铅笔，再拿出一张白纸开始画画。

男孩先画了一条河，河水一浪一浪的，像在流动。接着，他又在河边画上了几棵柳树及一些小草什么的，垂柳袅袅的样子很好看。男孩停下笔看了一会儿，忽然想到水里应该有几条鱼的。男孩一边画着鱼儿，一边想，这鱼儿顺着这河游呀游，一直游到大海里去了。

大海有多大？有城里的十个莲湖大吧？他抬起头来，极力想象着海的博大。

这时，男孩的目光突然亮了一下。男孩看见了矮柜上放的那只玻璃鱼缸，几尾小金鱼正在那晶莹透亮的鱼缸里慵懒地游来游去。

"这几条鱼真可怜呢，一辈子都在这鱼缸里游着，"男孩想，"我得想办法让它们游到大海里去!"

男孩这样想时，便很兴奋。他立即放下手里的笔和画，找来了爷爷喝水用的那只缸子，开始将鱼一条一条地捉出来。

二

太阳很大。男孩端着那只装着小金鱼的缸子，向小镇的小河里走去。他将鱼放进了清凌凌的河水里，鱼儿便欢快地游走了，只一眨眼的工夫，便没了踪影。男孩站在河边想象着那几条小金鱼游到大海时兴奋的样子。

三

小河里，一群乡下的孩子在洗澡，河水不大，他们用石块和树枝野蒿将河水堵了起来。他们鱼儿似的在那小潭里游上一阵，便到被太阳晒红了的沙滩上躺上那么一会儿。就这样，他们整整玩了一个上午。后来，不知是谁提议，他们开始用玉米秆做水车。他们在堵起的潭水边用手开了一条渠，将水车架上去，那水车便呼呼地疯转了起来。

这时，一个孩子惊叫了一声，大家就去看，看见了从上游游下来的那几条很好看的小金鱼。他们从来没见过这么美丽而奇怪的鱼，一种好奇心，使他们产生了捉住这几条金鱼的愿望。

于是，他们将岸上装着猪草的大篮拿来，开始了逮捕。

乡里的孩子手脚麻利，不大工夫，几条小金鱼全被他们捉住了。

河滩上立时热闹了起来。

他们你追我赶地争着，抢着。这么可爱这么稀奇的小鱼儿谁不想得到呢？然而，不大工夫，那几条活蹦乱跳的鱼儿便在他们的兴奋的争抢中一条条死去了。

最后，他们只好沮丧地将它们扔在河滩上，遗憾地挎着篮子回家去了。

四

许多天后，男孩问他爷爷：爷爷，你说那几条小金鱼儿现在游到大海里了吗？

爷爷说：或许游到了吧。

折 腾

　　王乡长刚调来的那会儿，雄心勃勃，桌子拍得咚咚响，说要带领全乡人民找一条发家致富的路子。于是，王乡长三天两头去外地参观，学经验。回来后，信誓旦旦，喇叭匣子里喊得唾沫星子满天飞，动员全乡人民统一筹集资金到外地购置黄芪种子，说这种药材国内国际市场紧俏，要抓住这个大好机遇。不久，全乡荒坡野岭都种上了黄芪。黄芪刚种进了地里，就成了一条成功的经验，本县的外县的乡镇都络绎不绝纷纷前来参观。王乡长脸上得意非凡，全乡群众心里乐开了花，抱着个金娃娃睡觉似的，一心盼望着黄芪快快长大，一夜间就能奔小康。

　　就在群众发财希望一浪一浪猛涨之时，王乡长调走了，因为他带领群众致富有功，荣升到县委工作。王乡长调走了，又调来了张乡长。张乡长年轻自负，办事果断。当他看到全乡满坡满岭长势旺盛的黄芪时，脸沉了下来，说了句"乱弹琴、瞎指挥"，就又在喇叭匣子里讲开了话。他动员群众来忍痛割爱，立即动手将黄芪毁掉。因为就目前市场反馈回来的信息看，黄芪一文不值。全县种黄芪已超过十万亩，已开始收黄芪的各乡镇，黄芪堆得大山小山就是无人问津，甚至连沤肥烧柴都没有人要。于是，广播会后不久，全乡人民齐动员，一齐毁掉了所有的黄芪。张乡长说，魔芋不仅营养丰富，而且可治癌症，成为目前国际市场的抢手货。张乡长为了让群众信服，还特意找来了报纸，让大家学习介绍魔芋的文章，学得大家心潮澎湃，热血沸腾。按照张乡长的指示，统一筹了钱，又去外地买回了魔芋种子。可是，魔芋种子种进地里，却不见出苗。后来大家才知道，是魔芋的种子有问题，受了骗。张乡长为此痛心疾首，很是后悔，大家集资十万元连个魔芋的秧苗也没看见，只是将张乡长处分了事。张乡长不得不调走。

张乡长调走了，又调来李乡长。李乡长老谋深算，做事稳妥。他说，住在大山里就要因地制宜，靠山吃山，千万别跟着别人的屁股跑，人家弄啥咱弄啥，咱得想个适合于乡情的致富思路。于是，通过考察论证，思路出笼了。李乡长在山里同大家同吃同住，总算将板栗树栽培成功。几年工夫，板栗树长大了，经过嫁接，开始挂果。乡里的群众终于看到了致富的希望，于是敲锣打鼓为李乡长戴花送匾。匾送了，花戴了，可大家望着收获回来的一袋一袋板栗又发了愁。因为乡里至今没有通公路，大家眼睁睁地望着那一袋一袋板栗生虫烂掉，却再也没有办法。

据小道消息说，李乡长在乡上要害部门有个亲戚，李乡长正忙忙乎乎跑上跑下，想通过这个关系为乡里要点钱，修通乡里的公路。事情尚无头绪时，又有消息说，李乡长也将被调走，事情是真是假，还说不清。但有一点是可以肯定的，这就是倘若李乡长被调走，这满坡的板栗树不是被砍掉，也会被荒掉。

轻　松

　　乡政府的房子是清一色的老式土楼，两层，下层办公，上层住人。

　　先前，乡政府没修自来水，虽然家家户户都买了洗衣机，可要洗衣服了，还得到乡政府外的小河里用手一件一件地洗。后来，不知道是谁想了个法子，拿桶去河里担水用洗衣机洗衣服，大家便依法效仿。担水上楼，累是累了点，苦是苦了些，但总比一件一件地用手搓衣服省力省事了许多。

　　这样过了一段时间，大家便感到这个办法好是好，但还是太笨了，便一齐向书记乡长建议，给乡政府安上自来水。

　　书记乡长家里也有洗衣机，每次洗衣服也得亲自动手去河里担水，累人又丢身份，也早有了这想法。于是，便顺水推舟，从乡政府拿出资金，专门给乡政府院子装上了自来水。

　　有了自来水，洗衣服自然方便了许多。要洗衣服了，只需将洗衣机从楼上抬到楼下，接上水管，便可以逸待劳，坐享其成了。这样乡政府院子里便出现了前所未有的热闹局面。大家洗衣服时，你方唱罢我登场，各式各样的洗衣机争着登台亮相，把个一向死气沉沉的乡政府院子搅闹得红红火火。大家手上省了力，心里乐滋滋的，都夸书记乡长给大家办了件大好事。

然而，好景不长。

　　起初，大家要洗衣服了，包括书记乡长在内，都很自觉，各人搬动各人的洗衣机。渐渐地，有人就觉得这样也太麻烦，于是，等别人搬出洗衣机开机洗衣服时，便抱了脏衣服去"搭灶"。一个人开了头，其他人也跟着走。"搭灶"的人自然落得个轻松自在，可搬出洗衣机的人，心里却不怎么乐意了。"自个儿都有洗衣机，干吗不搬出来用，非得用我的机子洗？机子磨损暂且不提，还得搭上时间看机子！"

　　搬洗衣机的人心里不乐意，嘴上却不好怎么说，只有在行动上采取措施。大家你等我，我等你，心照不宣，等得脏衣服攒了一大堆，可就是不愿搬出自己的洗衣机。热热闹闹了一阵子的乡政府院子，不知是因为没了洗衣机的隆隆声还是怎么的，忽然一下子没了生气，变得如同从前一样冷清起来。更重要的是，因为大家彼此都猜到了对方的心理，先前那种惠风和畅的气息一下子全没有了。

　　大家在彼此等待、彼此猜度中过了一段时间后，最终还是书记等不及了。这天，书记搬出了洗衣机，可是，等他张罗着准备洗衣服时，突然发现昨天还是好好的水龙头却坏了。乡政府院子里的人听到书记的话都跑了出来，嘴里虽然叹息水龙头坏了多不方便，心里却冰消雪融。叹息只是叹息，并没有一个人提出来找人修一修，干事们没说，书记乡长也没说。

　　第二日，冷清了的乡政府突然又变得热闹起来，满院子又响起了铁桶的撞击声。大家你一担我一担地将水从河里挑上楼，倒进各家的洗衣机里洗开了衣服。尽管这样累是累了点，苦是苦了些，可大家的心里似乎轻松了许多。

花开花落

乡政府院子光秃秃的。

乍暖还寒时,乡政府文明办的老胡就向领导提议种点花呀草呀什么的,把环境美化一下。

领导觉得老胡的想法不错,就动员大家动手在院子里种下了许多花草,还栽上了各式各样的风景树。

刮了几天小南风,天气倏地转暖了,又下过一场透墙雨,院落里果然就变得一片葱茏,呈现出一派生机勃勃、春意盎然的景象。

燕子开始在乡政府的门首垒巢时,乡政府院里的花就开了,万紫千红的花,把个小小的乡政府院子点缀得十分美丽迷人。成群的蜂、蝶也在这时跑来赶热闹。乡政府里的人每天早晨上班一走进院子,看到这赏心悦目的景象,心情也特别的好,说笑声时时充盈着小小的院子。许多时候,办完手头上的事,大家总会情不自禁地端着茶杯,叼上烟到院里去转悠。有的干脆搬来椅子坐到花丛中间去,一边晒太阳,一边读书看报处理文件。

乡政府的人都夸老胡,说老胡不愧是搞精神文明的,把个一向死气沉沉的小院子给鼓捣得这般舒适了。

春天过去了。

夏天过去了。

乡政府里自始至终都充满着一团祥和之气。人与人之间本来不怎么融洽的关系，也因此变得好了起来。

不知不觉到了秋天，花落叶败。只几天工夫，先前那些争奇斗艳的花呀草呀，便变得憔悴不堪，令人目不忍睹。

开始刮风。

鞭子似的风，把那些残枝败叶一日一日地抽落在院子里。

麻烦来了。

每日早晨上班，领导就让老胡站在院子里吆喝大家拿上笤帚去清扫院子。院子扫净了，大家早晨刚换上的干净衣服却罩上了厚厚的一层尘土，肚里就有了怨气。等老胡再喊着扫院子时，一些胆大的就埋怨老胡当初不该出这么个花点子，就找各种借口赖在办公室里不去。一个人开了头，其他人便学样。院子扫到最后，只有老胡一个人了。

树叶一日一日落不完，老胡一日一日地扫。扫到最后，老胡也扫出了一肚子怨气。怨气归怨气，院子总归还是要扫的，老胡只好一个人扫。

一日，老胡刚扫完院子，灰还未来得及铲，有人喊老胡接电话。老胡接完电话，竟把铲灰的事给忘了。

中午，领导开完会回来，走进院子，看见了那堆树叶。

领导把老胡喊出来，一副责怪的口气对老胡说："老胡，你看你咋弄的？院子扫了灰都不铲？"

老胡本来是想拿灰斗将那灰铲掉，一听领导说话的口气，压了一个秋天的怨气，一下子就喷发了出来。老胡说："干吗非得让我铲？这乡政府的院子是我姓胡的吗？我是故意放到那里的，我就不铲！"

领导没想到一向和气的老胡竟说出这样的话来。领导脸上的肉抽了几抽便走了。老胡没铲那堆灰，领导也没铲，其他人更不用说。

那堆树叶就那样在院子里堆了许多天。许多天里，院子里又落了许多树叶，更没人去扫。后来，刮了几天风，院落里的树叶便被刮到了院里的一角，很大一堆。不知是谁用火点着，将那堆树叶烧得满院黑灰直飞。

这一年，乡政府里评先进，老胡破例没评上。

第二年开春，再没有人吆喝着种花种草的事。

乡政府院子又恢复如初，光秃秃的。

出　气

　　老牛和村长住一个院子，出来进去早晚碰面，老牛总是讨好地给村长堆一副笑脸，因此，两家关系处得很和睦。

　　后来，老牛有了儿子，村长也有了儿子。两家的儿子渐渐长大，老牛见了村长，脸上虽然也堆着笑，心里却别扭得很。

　　村长的儿子叫富儿，又淘气，又霸道。他仗着老子是村长，拉屎撒尿专拣老牛的屋檐下；老牛辛辛苦苦在道场边栽的果树，他一根一根地折了玩；老牛家的猪好好在圈里吃食，他故意用棍子将猪捅得满圈跑。

　　老牛的儿子小牛更是不争气。没事儿总爱和富儿一块儿玩，两个常常为一点儿小事就牛犊子般在场院里打将起来。老牛知道，村长是谁也惹不起的皇上。他心里虽然恨富儿恨得牙根出血，希望小牛也威风地将富儿狠揍一顿，但一想到富儿是村长的儿子，却不得不提高嗓门，变脸失色地呵斥住小牛，有时还故意做出恨铁不成钢的样子打小牛几个耳光。他原以为他这样管教小牛，村长也会这样管教富儿，可村长却不，如此三番五次之后，小牛再和富儿闹翻了，即使被打得头破血流鼻青脸肿也不还手了。老牛恨富儿的专横霸道，更恨小牛懦弱无能。该听的话不听，不该听的话却听了。恨归恨，话却不好明说，只能把气窝在心里。

　　后来的一天，小牛不知因为什么原因什么事又和富儿闹翻了。富儿又打又骂，打得小牛抱头鼠窜，老牛看见了，气得眼珠子都要冒出来，把拳头攥得嘎巴嘎巴响，恨不得一拳下去打死那个小杂种。"太欺负人了!"老牛想。可等他走近了，巴掌却还是落在了小牛的脸上。

富儿打了小牛，小牛没还手，老牛还打了小牛。老牛想，这次村长该管管富儿了，可村长还视而不见。非但不管，还一任富儿当着老牛的面恶狠狠地骂小牛。

老牛失望了，一副不教育好小牛绝不罢休的样子拉回了小牛。老牛拉回小牛却没有再打小牛，他只对小牛说了一句话："以后他狗日的再欺负你，你把他往死里打!"

小牛听老牛说这话，睁着一双迷惘的大眼，半天没反应过来是咋回事。

果然，小牛和富儿一块玩时，又打了起来。这次，小牛像一只凶猛的豹子，直打得富儿哭娘叫老子。老牛正在地里干活，远远地见了这一幕，心里舒坦极了，那窝在心里好久好久的气顿时烟消云散。

正得意时，老牛看见了村长，心里立时像塞了一块铅。他三步并做两步冲回院子，他不忍心打小牛，但事到这个份上，不得不打了。他打小牛是给村长看的，他希望村长能挡住他的手说一句："快别打了，小孩子家嘛，都不懂事。"

可村长没说，村长怜惜地拉着富儿，阴沉着脸回屋去了。

老牛更是慌得六神无主。

晚上，老牛买了礼物，带着小牛去村长家谢罪。他手里拿着一根棍子。他心里虽为小牛打了富儿暗暗高兴，但表面上又不得不装出一副气愤的样子。他让小牛跪在村长面前，一边用棍子打着小牛屁股，一边厉声说："是谁让你打富儿的! 我对你说过多少次，可你为啥就是不听? 你今儿不做出保证，休想起来!"

他这样一遍一遍地逼着，他希望能逼村长挡一挡，说几句原谅的话。可村长没有。

后来，倒是把小牛逼急了。逼急了的小牛就说出了实话："爹，不是你对我说，要是富儿再欺负我，就把他往死里揍吗?"

车　子

　　小县城里搞社会福利有奖募捐，乡政府的小刘也去摸了几张奖券。小刘手气好，摸了一辆仿山地自行车，一脸得意地将崭新的自行车推回乡政府时，小小的乡政府仿佛开了锅的水，很是闹腾了一阵子。大家吵吵着让小刘请客。小刘想，反正这自行车是自己没花几个钱得来的，便把乡政府所有人都请到乡政府旁的小餐馆里撮了一顿。

　　小刘是乡政府的秘书，平时几乎不下乡。他便将车子拾掇好放到乡政府的一间空房里，说等以后调到离家近点的地方好派上用场。

　　可是，车子刚刚在空屋里放了几天，乡长就笑着来找小刘。乡长说，小刘，我今天想到花园村去一趟，下午要赶回来，将你的车子借我用一下吧。

　　乡政府先前是有几辆公车的。可公家的车大家都不当一回事，不长时间，几辆车都躺倒在了乡政府的库房里。公家的车坏了，私人的车也都心痛得不愿意往单位里骑。因此，一年多了，大家下乡都是步行。

　　现在，乡长开口来借车，小刘自然不好拒绝，只好将车钥匙交给了乡长。

　　小刘原以为，乡长下乡是公事，借他的车子一次两次自然会不好意思再借了，可乡长不这么想。这之后，大凡乡长下乡都要来借他的车。小刘心里有些不乐意，不乐意也没办法，乡长就是乡长，不是一般人，小刘无论如何也破不了这个面子。小刘心想：看样子乡长不把他这辆车子骑出点什么事是不会罢休的了。

果然就出了事。乡长下乡时不知在哪家喝多了酒，回来时摔了一跤。乡长福大命大，只是摔了几处轻伤，却把小刘的车子给摔得不成样子了。小刘好心痛，自己动手将车子修理好了，心想：这回乡长该不好意思来张口借车子了吧！乡长却似乎好了伤疤忘了痛，再下乡时，仍来借小刘的车子。小刘不想借，又不好直说，就撒了个谎，说车子还没修理好呢。

不巧的是，这天中午，小刘出去办事时，他的妻子因有急事要办就把车子骑了出去。妻子回来时，乡长正站在院子里。乡长虽然没说啥，脸色却变得很难看。小刘见乡长那样子，心里便聚了个大疙瘩。

夜里，小刘自然收拾了妻子一顿。

妻子说，咱的车子咱自己还不敢骑了？真是的！车子借给他乡长用了，咱自个儿咋还落块心病哩！

小刘想想也是，便说，咱干脆趁车子还有几分新，把它卖了吧！

小刘妻子却说：索性一开始卖了也就好了。可现在能卖么？现在卖了人家乡长会咋想？

车子自然没卖。小刘等乡长下乡时便主动将车子推出来让乡长骑。

不过，这之后，乡长下乡回来就把车子放在院子里，小刘也懒得拾掇。反正这车子落不到自己骑怕就会破得骑不成了。小刘不管那车子，乡长也忘了管，那车子在乡政府院子里放过几次后，突然不见了。

车子丢了，小刘心里反倒轻松了些。他在乡政府院子里骂过一阵贼娃子，便没事人一样，好像那丢的不是他的车子。

这下，临到乡长急了。乡长着急有两个原因：其一，没了车子以后下乡就得走；其二，他下乡回来虽然将车钥匙交给了小刘，可车子毕竟是自己放在院子里的。乡长便去派出所报了案，并命令派出所无论如何也要查个水落石出。

派出所对乡长的话自然不敢怠慢，全所出动，几天工夫便抓到了偷车贼。

贼和车子都被带回派出所。

派出所便打电话让小刘去领车。

小刘去派出所领车，乡长也去了。

小刘刚走进派出所的院子，就看见了那个被手铐铐在院子里的贼。小刘似乎想和那贼说点啥，嘴张了张见乡长在就没说。小刘没说，那贼却说了："刘秘书，是你让我晚上将车偷走，然后再给你二百元钱的，可你咋出卖了我?"

小刘听了这话一愣，乡长也一愣。

差转台

先前，村里是没有电的。

一夜一夜，男人女人们唯一的乐事，就是张家长李家短地扯闲话。

后来，村里通了电，大龙就从城里买回了一台电视机。大龙在部队当兵时，学过无线电，他在房顶上竖了一根长长的木杆，上面架几根铝丝，三鼓捣两鼓捣，电视里就有了人影跳来蹦去。

以后的每个晚上，一村人都嘻嘻哈哈来大龙的院子里，听电视机里人说些南腔北调的话，看电视机里的人做些离奇古怪、让人哭让人笑让人怒让人乐的事。男人女人们每天夜里脑子里都能留下许多让人合不拢眼、睡不瓷实觉的话题。

后来，村里又有许多人家将自家攒的钱拿去买回了电视机。

村里的电视机一台一台多起来，大龙就找到村长，让村长动员大家集资，建个电视差转台。

过几日，各家各户交了钱，大龙果然从省城买回了铁锅样的东西。大龙说，这叫卫星地面接收器。

大龙将那"铁锅"安装在村办公室的房顶上，白刷刷的，很刺眼。

调试的那天，大龙一下子就鼓捣出八个频道的电视节目。电视里的画面清晰得连脸上的汗毛都让人看得一清二楚。

村里人很是高兴了一段时间，但慢慢的问题就随之而来了。由于资金不足，偌大的一个"铁锅"，却只有一部发射机。因此，频道再多，每次只能发射一个台的节目。村里人为看电视吵吵个不亦乐乎。大龙面情软，张三说要看这个台，"咯嚓"就拧到这个台；过一会儿，李四跑来说，要看那个台，"咯嚓"一声，大龙又转到那个台。村里人因争频道闹出了许多不愉快。以前，村里人谁见谁的面都说说笑笑的，现在见了面却一个个横鼻子竖眼的不是个滋味，村里人之间的关系闹得有些紧张。大龙虽说做尽了人情，却也挨了许多骂，大龙很委屈。大龙又找到村长，想让村长再动员大家集点资，再买个发射机回来，村长却说有这一个就够了，再买还不把村子给翻个个儿！

　　大龙只好听之任之。大龙挨了骂，面情依然很软。张三让换频道，他接；李四让调频道，他也调，毫不含糊。

　　村里人有了电视，夜里不再寂寞了，彼此却越发疏远。大龙给大家办了好事，被人骂得狗血淋头。大家的争强好胜，全通过电视的频道表现了出来。电视图像清晰了，可大家囫囵着没看成一个完整的电视节目。"我看不全，你也休想看全！"大家心里都这样嘀咕着。

　　这天夜里，村里人仍憋着一肚子气坐在电视机前，看那时时调换着频道的电视画面，突然听到房塌树倒般的一声响。随之，电视里嘎的一声就没有了画面。大家从门里急忙伸出脑袋，就听有人在村办公室那边喊："铁锅翻了！铁锅塌了！"村里许多人家都听到了这一声喊，但没有一个人表现出遗憾，出门去关心关心。大家都感到了心里憋着的那股闷气随着这一声喊消失了，心里好舒坦。

　　卫星地面接收器从房顶上摔下来，掉了个稀里哗啦。大龙没有去管这事，村里其他人也没有吵吵着去管这事。大家各自又都在房顶上树起了一根长杆。电视虽然不太清晰，可村人之间的关系却明朗起来，恢复如初了。

抓　贼

　　半夜里，老秦猛然被院内那轻微的脚步声惊醒。老秦像一只训练有素的、尽职尽责的猫，听到了老鼠啃柜板的声音，倏地就从床上弹了下来。

　　这段时间，小县城不知是怎么搞的，接连发生了几起盗窃案，弄得小县城里所有的人都提心吊胆、人心惶惶的。老秦呢，自从小县城发生了这类事之后，睡觉就格外惊醒，稍有风吹草动，他就会立马从沉睡中醒来。

　　老秦跳下床，打开传达室的门，刚刚摁亮了手电，便看见两条黑影鬼鬼祟祟地向院墙前窜去。

　　果然有贼！老秦大喊了一声："抓贼呀！快来抓贼呀！"就飞也似的向两条黑影追了过去。

　　老秦一边追着，一边喊着，等他追到院墙边时，一条黑影已窜过了院墙。就在另一个家伙也将翻墙而过时，老秦一把抱住了那个家伙的一条腿。老秦抱着那条腿，像落水者抓住了救生圈似的，死死不放，任那家伙拿另一条腿踹，他只是死死地抱住不松手。老秦知道，凭自己一个人是对付不了这个身强力壮的家伙的，便又一次扯起嗓门，朝家属楼喊："抓贼呀，快来抓贼呀！"

　　那时，老秦见到家属楼上，有几扇窗户里还有着光亮着。有几只脑袋似乎还从窗户里探出来朝院里望了望。但那些脑袋很快又缩了回去。随即，窗上的灯光也灭了。

这时，老秦似乎听到墙头上的贼喊了一句什么。随着喊声，刚才已跳过院墙的那个贼就爬上了墙头，跑到了老秦的面前，老秦似乎看见那个家伙还对他笑了那么一笑，就见一道寒光向他的手臂飞来。

随着一阵剜心的疼，老秦抱贼的双臂松了一下。仅仅是松了那么一下，那贼就挣脱了他的双臂，爬上了墙头。老秦恍惚中看见，墙头上的贼伸出手臂将墙下的那贼拉了上去……

老秦醒来时，已是第二天上午了，他睁开眼看见床边围了许多人，连同家属院里住的那位县团级领导也来看他了。老秦好感动！

领导说："你尽职尽责了。"

老秦说："要是一个贼的话，我说啥也不会让他跑了，偏偏是两个贼，偏偏那个已跳过院墙的贼，又回转来帮了这个贼的忙，弄得你们丢东西，连个证据都没得了。"

老秦说这话时，一副痛心疾首的样子。

一个月后，老秦的伤好了。老秦出院后便辞去了这份工作。

老秦说他老了。

以后的许多日子里，老秦常常向人们讲起这件事。老秦说，要不是另一个贼帮忙的话，他说啥也会将那个贼抓住的。

傻 子

记者去小县城采访，第一个遇到的便是那个古怪的老头。

那时，正是夏季，班车在崎岖的山道上颠簸了四五个小时才抵达小县城。正午的太阳很毒，记者的喉咙干得冒烟。下车后，他便迫不及待地奔向了车站门口的那个冰棍摊。

记者买了一根冰棍，正准备剥去包装纸，就发现了那个老头。

老头大约五十来岁，银白的头发，手里拎一只脏兮兮的蛇皮口袋，站在火辣辣的太阳地里，两眼盯着他手中的那只冰棍。记者太渴了，他仅仅下意识地瞅了一下那个有些古怪的老头一眼，便剥掉冰棍上的包装纸，吃了起来。

那个老头忽然拎了手中的口袋匆匆向他走来。记者愣了一下，仅仅是愣了一下，就发现那老头伸手从空中接了他扔掉的那片包装纸，塞进了口袋里。记者心里觉得好笑：哪有这样拾破烂的？

然而，当记者第二天独自去这个古朴而整洁的小城街道上转悠时，又一次遇见了这个老头。这一次，老头并不仅仅是拾地上的纸片和饮料筒，他甚至连地上的烟头、苹果核以及香蕉皮都拾进了他那只脏兮兮的口袋里，记者便觉得这个古怪的老头更古怪了。这个古怪的老头自然就引起了记者的兴趣，他凭一种职业的直觉判断，这个老头一定有文章可做。作者立刻改变了他事先准备好的——跟踪采访这个省级文明小县城的计划。

第二天一早，记者早早地吃了早点、背着相机赶到街道时，老头已经拎着那只口袋，沿着街道开始拾那些果皮纸屑了。

记者一连几次走近老头，想和老头说话，老头却是理也不理，甚至连头都不抬，只顾拾他的破烂。

记者虽然有些气馁，却又不想放过这个好素材，他觉得这个老头身上一定有文章，便暗暗地跟着老头。

半天的跟踪，记者更进一步证实了他的判断：这老头确实不是一般拾破烂的。因为他发现，老头每拾满一口袋，便送到小县城指定的垃圾点去倒了。记者欣喜若狂地偷偷拍下了许多片子。

这天晚上，记者连夜将这些片子赶制出来，效果果然不错。片子出来了，可这老头到底因为什么无偿地为县城清除垃圾，仍然是一个谜。

第二天记者便决定到小县城的群众中去采访。

记者冒着酷暑炎热，一连采访了十多个人，面对每个采访的人，当他问起这个老头为什么能义务清除小县城垃圾时，他们都惊异地看着记者：怎么，你连傻子都认不出来？这个结果，是他万万没有想到的，他突然感到很失望。

康先生

　　我认识康先生时，康先生就在《鹤城日报》副刊部当编辑。副刊部是报刊业里的清水衙门，穷是穷些，却落得清闲自在。康先生的太太雅妮在市医院妇产科当护士。职业的习惯，加之她向来是个温顺贤良的女人，对康先生就像对儿子似的，衣食住行方方面面照顾得都十分周到。康先生的日子就跟掉进了蜜罐似的，令我们这些在家里还处在水深火热的男人好生羡慕。

　　可康先生偏偏不是那种太安于现状的男人。他总是希望每天都能发生一些新鲜事，把日子弄得轰轰烈烈些。每天早上，康先生上班后，泡上一杯茶，点上一支烟，第一件事就是窜到新闻部、特刊部等部门打探打探，看是否有什么新鲜事发生。比如说，昨天报纸上的批评报道是否引起后果，特刊部的特稿当事人是否提起诉讼，等等。如果没有，康先生就会觉得这一天日子没意思，就会感叹一句：这日子咋会这样！

　　康先生的家离单位只有十来分钟的路程，上班下班，过来过去就这么长个距离，走不长，也走不短。单位里风平浪静，家里也绝对发生不了什么惊天动地的事，康先生就迷上了电视。康先生看电视只看足球、拳击。看到精彩处，呐喊一声，过瘾！可后来他太太雅妮生了小康，在家休了产假后，那些没完没了的连续剧像鸦片一样，使雅妮越陷越深。电视的遥控权就被雅妮牢牢掌握在手中死不丢手，康先生磨蹭了好长时间后，不得不去买了一台电视机。可这种日子也并不长久。小康会看电视了，小康比雅妮更贪婪、更霸道。这个台动画片完了，接着又看那个台。康先生看着家里一个被电视弄得莫名其妙地哭得死去活来，一个被弄得傻愣愣地笑，他叹了口气，走出家门到楼下去看人下棋、打麻将。康先生不太会下棋、打麻将，但总得找点事干呀！就看吧。可看着看着，康先生就觉得象棋和麻将也是很有意思的呢，也就开始加入战斗了。

楼下下棋打麻将的大多是一些在街上摆摊设点的。他们趿着拖鞋、光着肩膀、抽烟、说脏话、擤鼻涕、吐痰，都是我行我素。康先生最初有些不习惯，但时间长了，反倒觉得这些人很有趣。他们下棋时，心中只有棋；打麻将时，心中只有麻将，任你天王老子、地王爷都不怕。康先生觉得这样的日子才叫日子，这样的人才叫活人呢！

这样的日子过了不长时间，有一天，雅妮终于从一部长篇电视连续剧的尾声中回过神来，发现只有小康一个人在那间房子里那台电视机前傻乐呢。这以前，她一直认为康先生是陪着儿子看电视的。雅妮下楼去找，就在那堆人中找到了康先生。

雅妮笑眯眯地将康先生拉回家，康先生以为雅妮会发火的。

"发一次火也好呀！"康先生想。可雅妮的脸始终是笑眯眯的。她将康先生拉进了卫生间给康先生洗过澡，又给找出干净内衣换上。便哄小孩似的说，你看你，咋能和那些人混在一块呢！以后再不许去了噢。说着就一摊泥似的倒进了康先生怀里。

雅妮果然把康先生看得很紧，她甚至忍痛割爱将电视的遥控权重新交给了康先生。可康先生这时并不喜欢电视了，他只想和楼下那堆人在一块。

这个时候，报社开始全面推行改革。报社对各部门的版面作了一些调整。副刊由原来的整版，调成二分之一版，另外二分之一用来刊登广告。再过一段时间，仅有的二分之一版又被广告蚕食去一部分。康先生越来越觉得自己没事可干了，没事干多没意思呀！康先生甚至想在报社的楼上骂一次娘！后来，康先生在一次酒后，果真就骂了。他骂过之后，就开始等待老总寻他的事，那样他就可以歇斯底里地发泄一次。他等了好长时间，什么也没等来。老总像他太太雅妮一样，见了他总是笑眯眯的样子和他打招呼，仿佛他压根儿就没骂过人似的。康先生越来越觉得自己像一只炸药包，他等待着有火星来点燃他。

"轰隆隆"的雷声在鹤城的上空炸响时，是许多天后的一个中午。当时，康先生正无聊地在办公室里坐着。他听到雷声，心里一下子兴奋了起来。接着，倾盆大雨从天而降。街上的行人在一瞬间都逃得无影无踪了，康先生却激动地奔下楼去。他孤零零地站在街道上，雨像鞭子似的抽打着他。他感到了从未有过的痛快，仿佛一棵久旱的秧苗。他觉得身体在雨中舒展了开来。

好痛快呀！

那时，街道两边已站着好多人，他们一定以为康先生疯了。报社楼上的窗口也伸出了好多头。后来，报社老总也下楼了，他带着报社的副总和总编办的人，站在那喊着康先生。他们的声音甚至带着讨好的口气。

康先生觉得好笑。我只是想淋淋雨呀！

后来，不知谁打电话把这事告诉了康先生的太太雅妮。雅妮来后，像龙卷风似的扑进雨中，扑到康先生身边。她说：你怎么了？你怎么了呀？是不是我哪儿做得不好？但你也不能这样呀。快回吧，不然会感冒的。

康先生说，我没怎么，我只是想淋淋雨！

雅妮就跪在了康先生面前，雅妮说，求求你了，咱回吧！

再后来，报社领导们冲进雨地来到康先生身边。康先生还看见一辆110警车也在他身边不远处停了下来。

康先生就想，我这是怎么了？我真的只是想痛痛快快地淋淋雨呀！难道我连淋淋雨的权力都没有吗？

康先生这样想时，就觉得鼻子一酸。

康先生终于哭了。

杜先生

　　在鹤城，杜先生也算得上是个小有名气的角色。杜先生原本叫杜逢秋，我们叫他时，就略去了中间那个字，叫他杜秋。但杜先生和日本电影《追捕》中的那个杜丘是无法相提并论的。怎么说呢？杜先生是个谨小慎微、胆小的人，说话做事见不着一点棱角。

　　杜先生在鹤城群艺馆工作，先前写诗，后来改写小说，但都没写出多大气候，杜先生就干脆改写故事了。杜先生的故事大多是写男欢女爱的。他笔下的男人女人们总是不食人间烟火地爱得死去活来又活来死去。那凄凄艳艳的情，那地老天荒的爱，煽情而又赚了不少女人的眼泪。或许杜先生将所有美好的爱情都给了他作品的主人公了，现实生活中，杜先生自己的爱情生活却是糟得一塌糊涂。

　　对于杜先生的大名，我是早有耳闻的。但真正和他第一次见面，是在一九九六年秋天。

　　那时，杜先生正生病住院。杜先生所住的医院就是康先生的太太雅妮上班的那家医院。杜先生吃五谷杂粮，胆上却兀自长出块石头。医院里舞刀弄棒地给他做了手术。雅妮对康先生说：杜先生真是可怜，三十多岁的人了，还是孑然一身。生病住院连个照应的人都没有，一个人孤零零地躺在医院里，叫人见了心里就难受。

我和康先生，还有鹤城书画院的夏先生去医院看杜先生，真是令人心寒呀。杜先生的脸白得像一张纸，一双眼憔悴得仿佛落满了枯叶的井。好在雅妮忙中偷闲前前后后地照应，总算给了杜先生一些慰藉。

杜先生出院后，康先生在三棵树酒店摆了一桌酒席，邀来了鹤城要好的朋友，算是给杜先生压惊。康先生之所以对杜先生这么好，除了大家公认的他们是文友关系外，还有一个大家彼此心照不宣的原因：杜先生早先追过雅妮。拿我们的话说，后来是康先生截了杜先生的和，先下手为强娶了雅妮。康先生虽然娶了雅妮，但心里对杜先生总觉得有些亏欠。他一直认为杜先生的爱情生活之所以不幸，是与他有很大关系的。

当然，最怜惜杜先生的要算雅妮，女人的心肠总是很软的，况且她和杜先生还有那层关系。杜先生出院后，雅妮便四处张罗着，为杜先生寻找对象。雅妮想，男人没有女人永远成熟不了。

这使杜先生从心底里对康先生和雅妮表示感谢。

可三十岁的男人了，要找个合适的对象，又谈何容易！

鹤城开始降第一场雪时，杜先生的爱情生活出现了令人难以置信的转机。

杜先生的爱情来得很突然。那天，鹤城的朋友们又一次聚集在三棵树酒店喝酒，这次做东的是杜先生。

那时，杜先生的爱情故事已经打入了《知音》、《爱人》等发行量很大的综合类期刊，这使杜先生大赚了几笔稿费。杜先生脸上的倦怠和不自信，像被雨洗过似的，一扫而光，变得一片阳光灿烂。

喝酒时，大家便和杜先生半真半假地开玩笑说，不要老把爱情写在纸上，要付诸行动！

夏先生便说我们这些人是咸吃萝卜淡操心。他说，有个女孩可是一次次在他面前说杜先生的好话，那份关心和体贴可非同寻常！

我们问那女孩姓甚名谁？夏先生只是不说。他说杜先生跟那女孩也是很熟悉的。

杜先生就有些老虎吃天无处下爪的感觉，他只好将自己认识的关系比较亲近的女孩，在心里进行逐一盘点。最终把目标确定在了一个叫小惠的女孩身上。

我们便鼓励他一定抓住机会，该出手时就出手。为此，康先生还让我们出谋划策，给杜先生设计了几套向小惠表白爱情的方案。

虽说夏先生的话使杜先生心里有了谱，给杜先生增强了信心，可杜先生毕竟是杜先生。他是那种心里长着三头六臂，而行动上却缺少胆量和勇气的人。事到临头，总是一次一次退下阵来，不能向小惠将话挑明。这样一拖再拖，事情就从长长的冬天拖到第二年春天，杜先生和小惠的关系越发变得扑朔迷离了。

春天的时候，鹤城接连发生了两件事：一件是鹤城广场举行了一次公判大会，枪决了一名犯人。我和康先生，还有杜先生都去看了。那犯人只有三十来岁，奇怪的是，这个犯人从带上审判台到送上刑场，他的脸上始终带着一种微笑，对死竟然连一丝恐惧都没有。接下来的一件事是鹤城的一位副市长，上午还在一个会议上面带笑容地讲话，下午就出车祸死了。这两件事对我们震动很大。

大概就在副市长出车祸的那天晚上，杜先生终于向小惠挑明了话题。

杜先生想，人家连死都不怕，我还怕什么呢。

接下来，杜先生和小惠的爱情一路顺风，进展很快。夏天来临前，杜先生和小惠在三棵树酒店举行了结婚仪式。

新婚的那天晚上，杜先生问小惠，你知道，我们能有今天，得感谢谁吗？

小惠想了想说，是不是那个死刑犯和那个被车撞了的副市长。

杜先生说，还得感谢一个人呢，是他告诉我你一直喜欢着我的。

小惠问，谁？

杜先生就说出了夏先生的名字。

小惠听了夏先生的名字，想了好久，说，我怎么不认识夏先生？

杜先生说，真的不认识？

小惠说，真的不认识。

夏先生

　　鹤城的北面有一条老街，叫背街。背街统共有三条巷子：一条叫木桶巷，一条叫扁担巷，还有一条叫水井巷。

　　夏先生供职的鹤城书画院就在水井巷内。

　　水井巷内住着的大都是城里的老门老户。一家一个小院落，破旧是破旧了些，但主人们似乎都有闲情逸致，院子里种着奇花异草、怪树老藤。也有养着从德国或什么地方弄来的良种狗的，都是被主人用铁链拴在院门旁，与本地的纯种狗一样，履行着为主人看门守户的职责。白天黑夜吠叫几声，倒有几分乡村野舍的闲适与清净。

　　夏先生住在城南新城区，房子是租住人家的。早晨上班，夏先生走过闹市穿过巷子，晚上下班穿出巷子再走进闹市，都市的繁华和乡村野舍般的雅静，十多二十分钟就感受了一遍，心里免不了毛毛躁躁、潮起潮落，生出许多世事不公平的感慨！

　　夏先生从省美院毕业来到鹤城时，曾胸怀大志。鹤城出过不少文化名人，夏先生想借这藏龙卧虎之地，苦其心志苦心经营几年，轰轰烈烈干一番事业，也好出人头地。

　　夏先生是省美院的高才生，在学校时已小有名气了，可等到鹤城后他才发现，事情根本没有他想象的那样好。鹤城画院的几个专职画家都是从本地基层调上来的，他们在基层待了多年，最终能调到这样的单位已经很心满意足了。因此他们生活得很实际，什么名呀仿佛是一块失去了磁性的磁铁，对他们来说已经没有任何吸引力了。他们看重的只是眼前的利益。小城哪家饭馆开业写个牌匾，城里哪里有红白喜事写写对联，或者有修庙建寺的画个佛像描描土地爷什么的，钱虽然不多，倒也能把小日子过得比上不足比下有余。也有不同的，那就是书画院的院长余先生。余先生走的是上层路线。要说余先生的国画还是有几分功力的，在书画院的几个画家中，他的画是最有潜力的，可他把画画的主要精力放在为鹤城的头头脑脑的服务上了。他投其所好，只要领导喜欢，要什么画他就画什么画。在鹤城，只要是稍有权力的领导家里，几乎都能见到余先生画的画。当然，余先生也因此获得了不少好处。他没花一分钱就在鹤城搞过几次个人画展，出尽风头。大凡求领导办事的也都找到他的门上，因为小城的人没有人不知道他和领导的关系的。

　　夏先生瞧不起画院的那些画家，更瞧不起余先生。他觉得那些人太没志气，而余先生则太急功近利。可瞧不起归瞧不起，夏先生心气再高，那入不敷出的微薄收入不仅连家都养不了，甚至连买宣纸的钱都支付不起。夏先生只得在老婆的离婚诉状上签了字。

　　夏先生与老婆离了婚，日子越发过得一团糟。那段时间，他整天把自己关在画室里四门不出。他的手指和门牙已被劣质香烟熏得一片焦黄，人也变得像秋天的枯叶似的有些弱不禁风了。他坐在画院门口的豆腐脑摊上吃豆腐脑时，许多人都差点认不出他了。夏先生一口气吃了三碗豆腐脑，那酣畅淋漓的样子让卖豆腐脑的司小妹心痛。司小妹自和丈夫离了婚，在画院门口摆起这个豆腐脑小摊，夏先生几乎每天早上都要来吃她的豆腐脑。司小妹知道夏先生是个画家，是个文化人，文化人心性都比较高。可时间一长，两人很熟了，司小妹才发现，夏先生其实是个很好的人。有时候，夏先生吃完了豆腐脑才发现，上班走得匆忙或者换了衣服忘了带钱，司小妹一看夏先生摸衣服口袋的样子，心里就明白是怎么一回事。这时候，她就会笑着说，你天天从我门前来来去去，我还怕你把我黄了？第二天，夏先生吃完豆腐脑自然会将头天的豆腐脑钱补上，可他永远也不会知道，他吃豆腐脑的碗会比别人的碗大。

夏先生离婚了，这消息在鹤城很快就传开了。鹤城的人几乎众口一词，说夏先生没有本事，被他老婆给踢蹬了。那段时间，夏先生见到所有的人几乎都是一副他遭受了大不幸的表情。夏先生的朋友康先生甚至扬言要找几个人去修理修理那个女人。夏先生并不知道有一个人却在暗暗高兴，那个人就是司小妹。

夏先生再去司小妹的豆腐脑摊上吃豆腐脑时，司小妹就故意磨磨蹭蹭地拖延时间，直到吃豆腐脑的人走得差不多了，司小妹才给夏先生将豆腐脑端上来。司小妹对夏先生说她买了房子，想请夏先生参谋参谋该怎样装修。夏先生说，你真厉害，竟然能在城里买得起房子。司小妹说是这豆腐脑一碗一碗垒起来的。夏先生说，是豆腐渣工程了。说完，两人都有些忍俊不禁。

夏先生看了司小妹的房子，不由大吃一惊。一个女人家凭卖豆腐脑，竟然能买得起这么大的房子？真是人比人活不成！夏先生突然明白了很多事理，他似乎一下子看懂了画院的余先生以及其他画家了。

夏天过去了，夏先生事业上的烦恼以及离婚给他带来的阵痛也一并随夏天去了。随着司小妹房子装修的竣工，夏先生的心情也似乎变得越来越愉快。他常常将报社的康先生还有杜先生吆喝到一块儿喝酒、打牌，他甚至连上班的时间也懒得去画室了。这样过了一段时间，夏先生突然就宣布他要和司小妹结婚。这几乎使所有认识他的人都大吃一惊。夏先生是个心性多么高的人，怎么会看上一个卖豆腐脑的人？

不管人们怎样去看待这件事，不管人们怎样地不理解，夏先生和司小妹的婚礼还是如期举行。夏先生和司小妹的婚礼举行得空前地隆重。有人说，在鹤城，除了市长儿子，他们再也没有见识过这么隆重的婚礼了。

夏先生结婚后就退掉了他在城南新城区租的房子，住进了司小妹的新房。司小妹新买的房子也在新城区，为了方便夏先生上班，司小妹专门给夏先生买了一辆摩托。夏先生骑着摩托，穿过闹市，常常就想起以前骑着那辆破旧的自行车穿过闹市的情景，每每想起那情景总是别有一番滋味在心头。

结了婚的夏先生仿佛变了一个人，他似乎对画画已厌倦了，十天半月也懒得去他那破画室一次，他几乎天天守在司小妹的豆腐脑小摊前，司小妹卖豆腐脑，他就帮着抹抹桌子洗洗碗。闲下来时，他就支上桌子和其他摆摊的男人女人们打麻将。司小妹则端茶端水地伺候着他，有时候司小妹也搬了凳子坐在他旁边头靠在他肩上指指点点，赢了输了，司小妹那小拳头都会很温柔地在他肩上敲那么几下，敲得夏先生那个美呀，比喝了蜜汁还舒坦。有时候夏先生也一个人出去溜达，那是去菜市场。夏先生从菜市场回来，手上总会提着一只鸡、一只鸭或者一吊肉，那步态总是显得悠闲自在，一副不紧不慢的样子。

司小妹的朋友大多都是开店做生意的，慢慢地都知道夏先生是个画家，字写得漂亮。盘店开业了都来找司小妹请夏先生写牌匾，只要司小妹开口夏先生都给写。时间不长，鹤城许多商店的牌匾都成了夏先生的墨宝，夏先生的名气一下子在鹤城大了起来。

这时候，司小妹已将她的豆腐脑小摊盘成了专门经营豆腐脑的小店，小摊变成小店，生意越发好起来了，司小妹便让夏先生将他的画收拾收拾搞一次画展。司小妹说咱得把这画展搞成鹤城有史以来最大的画展，要压倒他余先生！夏先生却无动于衷，他依然每天守着小店和其他人打牌。司小妹就自己请人去画院收拾展室，之后又将夏先生的画送到装裱店去装裱。

夏先生的画展果然搞得很大，《鹤城日报》、鹤城电视台以及市里的主管领导都来参加了。

画展开展的那天晚上，司小妹特意备了几桌酒菜答谢市领导以及《鹤城日报》、鹤城电视台的朋友。可是等宴席要开始时，却怎么也找不到夏先生。直到宴席快要结束时，司小妹才在康先生的提醒下想到了夏先生是不是去了画室。司小妹、康先生还有杜先生就急忙去画室寻找，夏先生果然在那里。他躺在那尘封了很长时间的画架旁，已醉成一摊烂泥。

古　渡

那条河从山的豁口急奔而下。七扭八拐，到这里遂拐成了一片月亮形的河湾。

这就是渡口。

渡口的水齐了两岸的山根，黑黝黝，让人摸不清它的底细。

一条船，一条山中千年古柏做成的、用石灰和胶刮了缝、被桐油浸染成了一种古桐色调的船，就那样被一根生满红锈的铁链，拴在了崖边那棵歪歪斜斜的老柳树上，永不休止地摇晃着，把渡口的日子摇晃得那么恬静而迷人，把渡口的日子摇晃得那么古老而质朴。

山里的一天就是从渡口开始的。

远山还是朦朦胧胧一片，灰蒙蒙的河岸，就有了等船的人。一嗓子带着长长尾音的喊，尖尖地向对岸甩过来。尾音尚未着岸，船佬早已将船划过来。等船的是一个挎着提篮的女人和一个提着花包袱的小媳妇。老女人一脸荣耀盛不住，就把它塞满一篮挎在臂弯。她刚刚做了外婆，满脸的皱纹，泥抿子抿过一般，没了踪影。小媳妇满脸娇涩，三天前抹上去的印泥红还隐约可见。三天了，漫长而短暂的三天，使她由一个少女变成一个少妇。现在，她将丈夫、婆婆、公公的心，担了一包袱，去对养育她二十多年的爹娘，作酬作谢呢。

船佬自然高兴，快乐首先在船上火星般溅开。一时三刻，便把一夜的寂寥攥得没了踪影。

河两岸再没有竖着等船的人了。水面上开始有鸭子游弋，开始有水鸟掠过觅食，开始有了鱼儿的嗫喋声。

船佬握一壶酒，盘腿坐在船头上，数完了手中收的角票，就明白载运了多少人过河。之后，便一面喝酒，一面把目光朝歪斜的柳树下横。老柳树下，正有几个女人，蛤蟆似的爬卧在光溜溜的石凸上，揉搓着手中的衣服和水中的浪花。女人手中的棒槌捶打衣服的声音好听呢，女人嘴里古老的小调美呢，女人大惊小怪、喳喳哇哇的叫声撩人呢。

"吱——"一盅酒下肚。"吱——"困顿全没了。船佬那个美劲呀！闭上眼也够受活三年哩。

黄昏，也是随着一嗓子喊叫声来临的。

船佬不再像早晨那么急。他慢慢悠悠地摇着舵，任凭船骑在水上，慢条斯理地漂浮过岸。等船的人都办完了事，回家无非是温一壶酒，数说一天的悲喜哀乐罢了。船佬等船靠了岸，就坐在船头，和岸上的人闲聊。彼此开几句玩笑，大家你抽的我的烟，我的烟也被你抽了，凑齐了一船的人。一船的人便是一船的笑声。船佬遂拿了篙头，一脸威严地立于船头。船是离了岸，却并没有前行。一船的人都被笑声陶醉，并没有察觉。开心话说了一段又一段，乐得自个儿忘了自个儿坐船是为了啥。直到有人惊呼一声："天黑了呀！"各自方才做出恍然大悟的样子，连连呼叫："误了事呢，误了事呢！"

船佬嘿嘿笑两声："误啥事，滚炕头早着呢。"将船靠了岸。

却是没人爬上岸去。

宽宽荡荡的河岸静了那么一会儿，大家心照不宣地你望望我，我瞅瞅你，各自活泛了脸上的肌肉，一串爆笑遽然响起，复归到方才那种和谐的气氛中去了。

月到中天，船上的人才陆续爬上岸，顺着一条黄土路，各自钻进了一个个灰色的旧屋。静静躺在渡口的是一片月亮形的河湾，地上的那条月亮形的船浮在了水面，天上那个船样的月亮却沉落在了河底。一年。又一年。又又一年。

日子一天天在渡口流失。

陡然一天，来往的人们发现了离渡口不远的下河上竖起了一座桥。那桥像一条彩虹，咬住了两岸的山根。船佬依旧背靠着船舱，怅然坐在船上，远远望去，挺像是船舱上挂着的一张弯弓。清早或傍晚不再有喊叫开船的声音了，似乎怕扰了船佬的睡梦一般。

船佬的烟抽得更猛，酒喝得更厉害。醉了，他便卧倒在船上，梦一样的眼，定定地瞅着那座桥，他觉得那不是一座桥，那是一条被浪掀翻了的船。桥上，时而有车辆呼啸而过，偶尔两辆车迎面开来，摁一声喇叭，算是彼此打一声招呼。更多的时候，谁也不理谁，仇人似的，甩给对方一股黄尘。

村里人似乎都在开始忙碌了。早先背篓挎篮慵懒而行的人，在桥上见了面，坐下了，总要唠嗑一阵。可如今都换上了自行车，见面，点下头，扬扬手，仿佛急得要去买减价商品似的仓皇而逃。

船佬就这样，看一阵桥，喝一盅酒，叹一声气。

沿渡口上去的那条土路已长了没膝深的蒿草。不知从哪天起，渡口上每天早晨和黄昏，总有一个苍凉的声音唱起一支古老的船歌。

从桥上过往的行人，眯眼望去，渡口那条古老的旧船身上，插满了全是烟盒纸做成的小风车。河风拂过，小风车哗哗旋转起来，旋转成一朵朵五颜六色的花。

彩船招来了许多看稀奇的人。只是人全都在桥上指手画脚、惊惊呼呼的。

冬天来临时，看稀奇的人少下来。凛冽的寒风，将旋转了一个夏天、一个秋天的小风车，掀进了河里，顺水流去老远。

也就在这个冬季，船佬请来了一位须眉花白的木匠。他让木匠卸了船板，乒乒乓乓一段时日，一口油亮的柏木棺材就横在了渡口岸上那间石板房的堂屋里。船佬没了船，却有了一口上好的棺材。他每天早上爬起来，先到门前的土坎上，定定地用眼瞄一会儿空空荡荡的河面，一遍遍地摸那口棺材。

他仿佛又听到往日船上那和谐、亲昵的说笑声。

农 庄

一座灰色的老房顶上，袅袅飘起一缕淡的蓝烟。

老屋的墙没有用泥泥过，很是粗糙。柴棍从墙洞里斜插进去，挑起一串串红嘟嘟的辣椒。屋的四周是一道院墙，秋天下过的一场连阴雨，院墙的一角被雨水泡软，塌出一个豁口，但顺院栽的红椿树，却粗粗细细地起了身，框定出一个方方正正的图形。

墙外的柴堆又新添了几垛。男人站在那里嘴里叨叨着，手指在一堆堆的柴火上戳来戳去。冬天的日子算计清了，可终没数清眼前的柴是多少垛。要知道，一个冬天，家里做饭取暖的柴火，都要在大雪封山前拾掇好呢。

"狗子——"男人脸对着柴火垛喊了一句。

"狗子——"男人又喊了一句。

狗子就从院墙塌了的那个豁口处冒了出来，是个男娃。

狗子已穿上了三面新的小夹袄。长个子的娃，夹袄做得稍长，跑起来，衣摆在胯上跳得很欢实。

不大一会儿，狗子就数清了柴堆。男人得意地看儿子一眼，从裤腰里摸出一张壹圆钱的票子，作为对儿子的奖赏。

狗子拿了钱，欢蹦乱跳地跑到门槛上坐了。又从小夹袄里掏出一把钞票，蘸了唾沫，一遍遍地数着。这是他自个儿攒的私房钱。左边衣袋里攒着的是过年买响鞭的；右边衣袋那一沓是专作买小人书之用的。开学报名的书费，自然不用自个儿操心，但买小人书是没人给钱的。爹答应过，开春了带他进城。狗子把钱数好，分别揣进了左右衣袋。心里依旧不那么踏实，想了想，又掏了出来，将左边衣袋的钱揭了两张，放进了右边的衣袋里。

这时候，半掩着的门里，出来了一只潲桶。接着伸出一条腿，随之而来的，是一个身材臃肿的女人。女人一心一意要把猪喂成自己一样的块头。

屋檐下秋天吊起的红苕蔓一天天少下去，圈里的猪却不见长膘。女人用石磨磨了包谷，加进了潲食中。果然猪儿吃得肚皮滚圆，一天天肥壮起来。猪儿肥了，嘴越来越馋，吃食时，前蹄在槽边，将那少量的红苕蔓一嘴一嘴拱翻。女人站在圈边，心里正盘算着，杀猪时要请来吃肉喝酒的人员。见猪那样，一扬手里的舀潲食的勺子，却没有打猪，铁勺在栏圈的石板上敲出一声脆响。

女人喂饱了猪，男人早在火塘里烧着一炉大火。一家三口人围坐在火塘边，灯是不用点的，烫一壶滚酒，一边喝着，一边在老碗后面咀嚼出一片惬意的响声。

那时，屋外已开始纷纷扬扬地下开了雪。一个厚实的冬天就这样悄悄地来临了。

小　站

　　公路里侧的站牌下坐着十几个男人，每个男人的屁股下坐着一个铺盖卷。铺盖卷是用塑料纸包了的，上面用草绳五花大绑捆了个结实。那时正是清早，公路上没有行人，只是公路斜对面的土场上停了一辆手扶拖拉机。一个小伙子拼力在转摇把子，想一口气把它发动。转了一会儿，黑烟直冒，拖拉机并没启动。小伙子生气地将摇把子扔了，开始乒乒乓乓地拆卸零件。男人们正看得入神，猛听"吱呀"一声响，便扭过头。身后那间房子的门开了一条缝，一个十八九岁的女子，手里提着一只木尿桶正欲出门，见土场上坐着一些人，便又提了回去。男人们发出一声哄笑。笑罢，又是吱呀一声响，男人们以为那女子害了羞，又关了门，抬眼去看，门并未关，倒是山墙上的窗子开了。好奇地探头望去，方知是一个小卖部。有人便起身走过去，掏出几张角票买了一包烟。几个后生并不抽烟，也走过去拿眼瞅那女子。女子显然见过世面，不一会儿就和那几个后生搭上了腔。

　　女子问："你们是去哪里？"

　　后生们答："去山西挖煤。"

　　女子又问："那么老远的路程，划得着么？"

　　后生们便答："啥划得着划不着，住在山里，没得钱的来路，不出去挣几个，到时拿啥说媳妇。"

女子以手掩了嘴吃吃地笑，后生们也张嘴欲笑，却发现那女子牙长得很白，连忙闭了嘴。

这时，远处传来了汽车声。后生们紧张地跑到自己的铺盖卷前，做出要上车的架势。

车很快就开来了，并且停下。男人们却泄了气，纷纷坐回原地，因为那车是从省城方向开来的，车上装人很实在。下来五六个人，又扬起一股尘土开走了。

那五六个人都穿得很讲究，一口外地口音。他们下车后，纷纷在那小卖部的窗台上趴着，买了一堆食品，一边吃，一边就问那女子：

"从这进山有多远？"

"进山？"女了瞅了瞅那些人，"走亲戚？"

"哪里，我们听说这里山货很值钱呢，想去看看。"

土场上的男人们听了这话，觉得好笑。他们祖祖辈辈住在这山里，山里是个穷得烧屁吃的地方，哪有值钱的东西？要有值钱的东西，他们还往山外跑吗？有人就欲起身去劝这几个山外人，让他们趁早打消了这个念头，免得空跑了一趟。那人刚起身，就被身旁的人捏住衣角拽了下去。那人就佯装伸了个懒腰，打了一个很响的喷嚏，重又坐了下去。

"车来了。"有人尖声叫了一声。男人们看去，公路上一股烟尘渐近。男人们又一次骚动起来，车停稳当了，男人们便迅疾爬上车顶，手忙脚乱地装行李。行李装好了，又把自己装进车里。山外人狐疑地看着这些人，提了行李，向山里走去。车上的男人们望着那进山的山外人，心里又一阵好笑。

车终于启动了。

留守春天

　　开春的太阳很暖和，日子飞一样过得快。先前还是花花搭搭裸露着斑斑黄土的麦苗地，转眼间，麦苗已铺天盖地地起了身，旺旺盛盛的。山崖上，一枝两枝粉嘟嘟的桃花开得浓浓烈烈。这个时候，山里的女人们就意乱情迷，萌动出了许许多多的念想。

　　山里的春天，好叫人开心呢。然而一年又一年，负心的男人们，总是在这个时候，孤寂寂地丢下她们，出走了，把个好端端的春天弄得好冷清，好失落，连一嗓子好响亮的山歌也让人唱不起劲。

　　山里的春天独属了山里的女人。女人们总是把春天过得慵慵懒懒。她们成天除了吃饭，便是晒暖暖。太阳儿晒在身上，她们越发想死了出远门的男人。她们一天天站在山头上，望着叠叠的远山，希望男人们能突然从天而降，突然出现在自己面前。

　　"亲哥哥嗨，你们为啥就要出走?"

　　终于有一天，山里的女人们灵醒过来，她们明白了其中的道理。

　　于是，又一个春天里，她们不再晒太阳儿，不再去让人等得心焦的山梁梁。她们将那披散在肩上瀑布般的头发绾了髻，她们脱去了臃臃肿肿的棉裤棉袄，柳腰般的腰肢套上了只有夏天才穿的花花绿绿的衣服，抖落一身的懒散与思念，活动着筋骨，开始把她们的想法付诸行动。她们要在以后的一年又一年里，让山里的春天，永远把男人挽留住。

山里的女人干事，不干便不干，干起来总是风风火火的。

她们将攒了一个冬天、准备换点油盐钱的鸡蛋拿出来，重新又放回鸡窝，恨不得自己蹲上去，孵出一只只毛茸茸的小鸡。她们捏着男人们从山外给她们扯回的红头绳，一日三趟地去王婆家，守着王婆家的老母猪下崽。猪娃娃一滚下地，她们便哄抢上去，用五颜六色的头绳打上记号。她们狠了狠心，将房梁上吊着的一串串陈年腊肉取下来，背出山去，换回一棵棵桑树、栗树、核桃树的秧苗。树栽在了房前屋后，以及光秃秃的山梁上，却在自己心里浪浪地猛长。

果然，春天过去，小鸡就风风地长大，那猪就滚滚地肥圆，那小小树苗终于爆出了黄绒绒的嫩芽。

鸡卖了，蛋又孵。猪卖了，老母猪又下崽。女人们精心护理着那树，一日一日盼望着那树能早日开花，早日结果。她们要给男人们一个意外的惊喜。

一年又一年过去，男人们总是在年头年尾，匆匆而去，匆匆而来，男人们的心全在了山外。他们只知道出了山就有力就有钱，他们哪里晓得，自己那弱不禁风的女人，竟然在山里成了气候，成了精。

冬天，出山的男人们带着一身臭汗，带着一脸疲倦风尘仆仆地回到山里。当他们面带傲气地将一年挣的血汗钱拍在女人手心里时，女人们第一次在男人面前显出了不屑的神情。诧异的男人们也发现了，女人们手心里早攥着好厚好厚的一沓钞票呢。

男人们在女人们的带领下，终于看见了满坡架岭的树。男人们信服了，自己的女人竟这般能干呀！

春天终于来了，山里的这个春天，第一次有了男女的欢笑声。在这个春天里，山里的男人女人们要播种树苗，要播种爱情。更重要的是，要修通这里通往山外的路。女人们要叫山外的人知道：山里不仅有能吃苦流汗的汉子，还有长得如花如水、聪明能干的女人呢！

三　叔

　　这个冬天，三叔心情特别的好，他像一尾青鱼在村子里游来游去。他豁着一颗门牙，笑起来就更显出十二分的得意。

　　"家旺……哼！"他总是这样说。

　　家旺是我们村的村长。三叔是龙，家旺是虎，龙与虎在我们村里争争斗斗了几十年。村里就村长这个位子令人觊觎，他们都觉得自己在这个位子上更合适。三叔自从被家旺赶下台，便一直在寻找打败家旺的机会。按三叔的意思，家旺在这个冬天，必将走向他生命的穷途末路，败在他的手下。

　　这天中午，三叔在村里转了一圈，又回到了他的养鸡场。他昂首挺胸地站在一群母鸡们中间，手里握着拳头大的一枚鸡蛋。每当太阳当空时，他总会眯缝着眼，对着太阳举起那枚鸡蛋。他一直想弄清这枚鸡蛋是双黄还是单黄。

　　他就这么看着。

　　后来，他听见母鸡们在叫，他抬头一看，二皮子的头像一颗硕大的鸡蛋，正从门外朝里张望。

　　二皮子告诉他，村长家旺出事了，家旺的儿子将他那辆大客车开到悬崖下面去了，一同下去的还有一车人。

三叔的脸上抽出一丝笑。随即，那枚鸡蛋从三叔手上脱落了，砰出一片金黄。

三叔是在两天后去医院看望家旺的儿子的。三叔带去了一份厚重的礼物，也带去了一份凌人的盛气。两人斗了几十年，三叔知道家旺是轻易斗不败的。但这次，三叔见到家旺时，家旺却软得像一片树叶，儿子的伤并不重，但家旺的精神和他那多年苦心经营的家当却随着那大客车一起翻进了沟底。因此，他见到三叔时，自己先矮下去了三分。三叔站在家旺面前，仿佛是一个好斗的拳击手突然失去了对手那样失落。

在以后的漫漫冬季里，家旺再也打不起精神。三叔似乎受了感染，也一直打不起精神。他从心底里希望家旺突然有一天能振作起来，像以前一样和他斗一斗，但他一直等到春天来临，家旺像一条死鱼一样，连一个小浪花也没翻起。

三叔终于耐不住了。他在春天接近尾声时来找家旺，他对家旺说出了思考已久的想法：他准备借给家旺一笔钱，让他重新买客车跑运输。家旺没有想到三叔会这样大度，他感激得差点给三叔跪下。看着家旺那个样子，三叔叹了口气，他心里明白，他之所以这样做，只有一个希望：希望家旺能重新振作起来，像以前那样和他斗一斗，那样活着才有意思。

大　哥

　　大哥来信说，他要到城里来一趟，他说有件事现在看来非得让我出面帮忙了。

　　后来，大哥真的就来了。

　　几年没见大哥了，我发现眼前的大哥，身上有许多地方都发生了变化。以前，他总是修着小平头，现在却是那种有点气势的大背头；先前爱穿西服的大哥，现在却穿上了中山装。言谈举止，总给人一种老谋深算的感觉。他抽烟，但在点烟之前，总喜欢先拿眼瞄一下烟的牌子，说话也慢条斯理的。怎么说呢，我从大哥身上仿佛看到了以前乡下小乡长的那种小官僚的做派。

　　从乡下到城里，一千多里的路程，不到万不得已，大哥是不会跑这么远的路亲自来找我的。吃完饭，我便有点迫不及待地问大哥。

　　我说："大哥，有啥事在信上说一下我去办不就行了，干吗非得跑这么远？这阵子地里的农活正忙呢。"

　　大哥听了这话，抬眼看了妻一眼，便岔开了话题。我知道大哥是不想当妻的面唠叨那事，也便没问了。

　　第二日是星期天，我让妻带着女儿回娘家去了，关上门和大哥说话。

　　我们先扯了乡下和城里的许多闲话，然后才把话题说到正事上去。我说："大哥，你到底有啥事找我？"

大哥说："你离开村子早，村里的许多事你不知道。卫长炎你还记得吗？就是老地主卫兰怀的儿子。前两年他当上了村支书，在村里我好歹是村长呢，可他啥事都不把我当村长待，村里的大事小事都是他一手遮天。我在他当村支书那会儿就开始写入党申请书，可到现在，他就是不给我解决入党的事，为这事，我和他闹过几次，我说他是怕我入党对他构成威胁，自这以后，他明里暗里总是和我斗。说实话，当不当村长是小事，我就是忍不下这口气。我知道你和书记专员都很熟的，我这次来，是想让你找找他们。卫长炎之所以在村里那么猖狂，不就是依靠权势弄了几个钱吗，他如果不当支书了，照样在我面前充孙子呢。"

听了大哥的话，我感到真的有些可笑，为了一个小村支书这样的官，竟然还搬到书记专员头上。但看看大哥的神色是那样的认真，我知道，在我们乡下，人们是把村支书看得比县长、省长都要牛皮的。

大哥说："你看，当哥的这么多年也没找你办过事的，但这件事，你说啥也得帮帮我。我就不信斗不过他狗日的卫长炎！"

我说："大哥，这事你放心，这样的小事，也用不着去搬书记专员，回头我给咱县的县长或书记写封信说说，他会处理好的。"

大哥当下就笑了，仿佛一块心病掉了似的。这天晚上，妻给我们弄了几个菜，我和大哥喝酒。大哥由于心里高兴，多喝了几杯，醉了，他躺在床上笑出了声。

妻子问："大哥让你办啥事，心里咋这么高兴？"

我说："大哥是在谋权呢。"

大哥来时，说过这次要多住几天。我知道大哥千里迢迢来一趟不容易，第二天便决定带着他到城里的公园呀动物园呀去转转。

大哥说："城里的公园无非也是山呀水呀的，哪能抵得上我们乡下的山清水秀。至于动物园嘛，就更不用看了。冬季上山砍柴哪趟不遇上几只狼呀豹呀的，比那关在笼子里的不知要活泼多少倍呢。"

这样，我和大哥就漫无目的地在大街上转悠了一天。到了傍晚，我对大哥说："市中心刚建了一座立交桥，咱去看看吧。大哥同意了。"

我和大哥刚到立交桥时，天已全黑了。华灯初上，整个城市看起来一片灯火通明，如同白昼一般。立交桥上人来人往，立交桥下车水马龙。大哥站在立交桥上，看着这景象，忽然就叹了一口气。

我问大哥："怎么了？"

大哥说："城里和乡下就是不一样呀！"

这天晚上，我和大哥一回到家，他就嚷嚷着收拾行李。我有点奇怪。大哥说得好好的，玩几天再回去，怎么突然间就改变主意要回去了呢？妻子女儿也一再挽留大哥，让大哥再住几天，可大哥说啥也不同意。我知道大哥的脾气，大哥这人弄啥事从来是说一不二的。大哥和支书闹矛盾能跑这么远来找我，他要是决定走怎么也是留不住的。

妻给大哥收拾行李，大哥悄悄用手拉了拉我的衣角。我明白大哥一定还有话要对我说，就和大哥到了阳台上。

大哥又在狠狠地抽烟。大哥说："昨天我给你说的那件事就先不办了吧。"

这一下，我更有点吃惊了。千里迢迢跑这么远的路程来找我，不知那事在他心里酝酿了多久了。可事情刚刚说过一天时间又突然变卦了，这里面一定有原因。

我说："大哥，这事不是说好了的，我给县长写信的嘛，怎么又改变主意了？你是不是不相信我的能力？"

大哥叹了一口气，他双眼穿过阳台，看着对面的楼房说："今天，我站在立交桥上时就想，城里人现在都过上啥日子了，可我们那穷地方为了一个小官还弄来弄去明争暗斗的，真没意思呀！真的，一点意思都没有！"

狗

那几年闹饥荒，队里常常来些说话叽里呱啦的外地人，逃荒的，要饭的，还有挑着担、背着篓走村串户的弹花匠、木匠什么的。

来来往往的人多了，村子里就不安全。三天两头丢些细末零碎的小东西，有时也丢些值钱的东西，比如晒在廊檐下的衣服、裤子、床单什么的平白无故就没了踪影。最要命的是，地里刚刚灌浆的包谷棒子，被那些人掰了去充饥。

这事惹恼了长富。

长富是村里的治保主任，丢东落西的事，他自然脱不了干系。长富一窝气，便去后山小舅家要了一条猎狗。

那是一条长毛狮子狗，一身卷毛油光水滑的，走起道来，龇着牙，咧着嘴，一副专横霸道的样子，见了人就要"汪汪"地狂吠几声，吠声阴冷，充满杀气。冷不丁，它就会从你身后扑将上来。

为了防备狗误伤本队人，长富开始对狗进行训练。有事没事了，便带着狗走东家窜西家地去玩。起初，狗到了哪家，哪家的主人就提心吊胆的，怕伤着了鸡呀猫呀什么的，主动端出好吃的东西讨好狗，拿现在的话说，叫感情投资。这狗也确实灵性，时间不长，便和本队的人搞得滚瓜烂熟，见了面打老远便做出一副温顺的样子，摇着尾巴套近乎。即使是夜里路上遇着了，你只需说一嗓子话，狗也能听得出是谁。村里人说话地道，狗一听便能懂。于是，长富要回的那条狗，专咬那些说话叽里呱啦的外地人，咬得他们从村里经过也绕道行，咬得他们再不敢进村。

村里再也没有丢过东西。

这一年，村里来了一批知青。知青们都是从省城来的，说一口纯正的普通话。狗自然听不懂，更是听不惯这腔调，梗着脖子，咬得那些刚下车的城里小伙子姑娘们扎堆儿跑，身上的铺盖卷儿滚了一地。

偏偏知青住的地方离长富又很近（知青住的是部队）。每日上工下工还都得从长富门前经过，这事就很麻烦了。长富给知青们教了一个办法，让他们上工下工时每个人身上都揣一疙瘩馍，狗一咬就将馍扔过去。这办法果然灵。慢慢地，狗吃了馍，开始和这些知青们套上了近乎，有事没事，那狗就朝知青住的院子里窜。

知青们都是城里娃，平素很少见到狗。他们原以为狗是可怕的动物，没想到这狗还这般通人性，就很喜欢这狗了。每顿吃饭，你省一口我省一口，把个狗喂得膘肥体壮的。

知青的伙食本比村里人好，又顿顿有得吃，狗过上了养尊处优的日子，就再也懒得到村里觅食去了。狗不回村，自然和村里人生分了许多。

狗成了知青的看门狗。

又一日，长富那在北京当兵退伍的儿子回来了，长富领着儿子去知青点，想让儿子和那些知青认识认识。长富觉得知青都是有文化的人，让儿子和他们认识有好处。

长富领着儿子走进知青住的院子时，那条他养了多年的狗正在院子里悠闲地转着，长富很是亲昵地叫了一声那狗。他原以为那狗会像以前一样，摇着尾巴，讨好地跑来。不想那狗听了他的叫声，连看也不看，龇着牙，狂吠着向他扑过来，吓得长富三魂掉了两魂拔腿便跑。

狗并不罢休，扬起四蹄追了上去。

眼见就要追上了，长富的儿子突然喊了一句：爸，小心点，狗追上来了。

长富的儿子话刚一出口，狗就突然停了下来。

长富的儿子喊这一句时，说的是普通话，和知青一样纯正的普通话。

回 头

他走近那块竹园前时，突然看见了她。

她站在一丛修竹后面，一副焦急的样子。

他看见她时，他也没有说话。

他们很默契地走进了竹林里。竹林中有一块青石板，他和她就在那块青石板上坐了下来。

那时，太阳早已落山，远处的山和近处的树，也都变成灰蒙蒙的一片。栖息在竹林里的鸟儿开始忙碌着归巢，叽叽喳喳叫得一片响，歌唱般地动听。

他和她坐了好久，仍然没有说话。他的目光游移开去，落在竹林前的一泓小溪里。清凌凌的河水里卧着一轮明月，弯弯的，看着看着，那月亮就变成了一把小梳。那时，他常对她说，女孩子只有把头发编成辫子才好看哩。她就用那把小梳把头发梳成一条光溜溜的小辫辫，真的很好看。

此时，她的目光也落在那弯月牙上。在她的眼里，那弯弯的月儿就是一把亮亮的镰刀。她记得，那时他们常一块上山去割草。他每次割草时，总是趁别人不注意，偷偷地将自己割的草搂几搂给她。

后来，他们就常常到这块竹林里来玩。寂静的夜晚，她躺在厚厚的竹叶上，闭着眼，听他用竹叶吹出一首首好听的曲儿。有月亮的时候，他们便手牵着手蹚过小河，用小石块在那白亮亮的河滩上摆成两个手牵手的人。他说他摆的人儿是她，有根独辫辫呢；她说她摆的人儿是他。

可是后来，事情就发生了意想不到的变化。她的父母硬是逼着她，将她嫁给了山那边的一个小包工头。她没办法，真的没办法，就只好嫁了。

那一天，他就是躲在这片树林里，看着那个长得一脸匪气的包工头，红红绿绿地把她迎走的。

不知什么时候，他手里又捏了一片竹叶，那片小小的竹叶在他宽大的唇上抖动着，就吹出了一首动听的曲儿。调子很悠扬也很伤感，只是一曲尚未吹完，他猛然听到了她的啜泣声。

他就不吹了。

他说：我听人说了，你现在的日子很好呢。他很会挣钱，这我就放心了。

她说：你不知道呢，他一直怀疑我和你之间的关系不正当。

他说：你应该好好向他解释，我们之间是很清白的，这是能说清楚的。

她说：他不是个人呢。越解释，他越不信，他每天晚上都要折磨我，折磨完了，就拳打脚踢。有时，干脆还把野女人带回家。

他说：真不是个东西！

她说：真不是个东西呢！

一根竹竿咯嘣一声在他手里断为两截。

她说：这半年，我挨打挨得太冤枉了，我白背了一回黑锅。

他就有些气愤，他说：那就跟他离吧。

她说：他不离，死也不离。

他就叹了一口气，他真想伸出手臂将她揽进怀里。当他一看到她那身珠光宝气的衣服时，手臂只是动了那么一动，便死蛇般地瘫了下去。

她说：咱一块儿逃吧。我昨天一回娘家来，就到这里等你，我想你是会来这里的，果然你就来了。你看，我把啥东西都准备好了，咱现在就走。中国这么大，就不相信没得咱落脚的地方。

听了这话，他的心里不由得一愣，他说：这事你得让我想想。

于是，他和她就如同先前那般静静地坐在那里，谁也不再说话。

一段时间沉默过去，又一段时间沉默过去。

这时，远处的村庄里突然传来了一声女人的尖叫，他如同从睡梦中惊醒了似的，猛地从青石板上站了起来。

他说：咱回吧！

说完这话，他就匆匆地朝竹林外走去，一直走出了竹林，他才停住脚步。他想回头再看她一眼，但终于没有。

劝　婚

　　长来去找村长的那个晚上，正下着小雨。

　　大概是喝了酒的缘故，长来进门时，脚步有些踉跄。头发湿淋淋地贴在头皮上，一缕一缕的，就像一瓶墨水当头泼上去似的。

　　长来和村长的关系很好，长来没结婚前，两人常在一块儿打通铺。

　　长来说：今晚咱俩打通铺吧。

　　之后，他就坐在了村长的饭桌前，从怀里掏出一瓶很不错的酒。长来这几年在村里包了一块果园，手里挣了不少钱，日子过得红火了，喝酒的档次也越来越高了。

　　村长说：长来，你这是咋的了？好好的不在家里守着新媳妇，干吗跑我这里打通铺？

　　长来不说话了，拧开酒瓶，一人倒了一杯，饮牛似的咕咚一下便喝干了。

　　村长就给长来递过一双筷子。

　　长来是个左撇子，一村的人就长来是个左撇子。村长看着长来夹菜的样子，总感到有些别扭。长来每夹一筷子菜，村长的左手臂弯便会隐隐地感受到一种酸麻，一种难以言说又难以忍受的酸麻。更要命的是长来吃菜，他将菜送进嘴里，即使是最软的菜，也会被他嚼出猪吃食似的一片轰响。村长听到这片稀里哗啦的声响，心里突然就感到了一阵恶心。

村长说：长来，你这是咋的了？

长来只管喝他的酒，吃他的菜，只是不说话。

村长一直想让长来换个手夹菜，把吃菜的声音弄小点，最终还是忍了忍没说。

村长只好在一片猪吃食似的响声中，忍受着心里的翻江倒海，看着长来别扭地用左手拿着筷子，吃完了盘里的菜，喝光了瓶里的酒。

后来，长来就醉了。

醉醉的长来醉醉地说：菜花，求求你了，咱别离婚吧。这样说着时，长来就呼噜呼噜地睡过去了。

长来果然就和村长打开了通铺。

村长本来不想去管长来的事，两口子过日子，一个锅里搅勺把子，一盘炕上并排睡，哪有不磕碰的呢。吵了闹了，过段时间哪个想通了，低低头说几句软话，就会和好的。

但这样过了一段时间后，村长首先就耐不住了。他越来越忍受不了长来吃饭时左手拿筷子的样子，更难以忍受的是长来吃东西时嚼出的那片猪吃食的声响。村长感到他的手臂一天比一天酸痛得厉害，只要一听到长来吃东西，他的胃就开始翻腾。

村长只好去找菜花。村长说：菜花，长来是不是欺负你了？

菜花说：没有。

村长说：那他是不是这两年手里挣得有几个钱了，就烧包开了，在外面有了相好的？

菜花说：他有这个贼心，也没这个贼胆。

村长说：菜花，这就是你的不是了。这没有那没有，好好的日子不好好过，闹腾离啥婚？

菜花说：村长，长来对我好，我心里清楚得跟镜子似的，可你不知道，我和他一结婚就发现他是个左撇子，我跟他说过多少次，让他换成右手，他就是换不过来。不知怎的，我一看见他拿左手吃饭，心里就别扭，左手臂就酸就麻。

村长心里咯噔了一下。

村长说：菜花，左撇子多着呢，要是因为左撇子就闹离婚，天下要有多少人闹离婚呢。

菜花说：别人怎么着我管不了，反正我是受不了。况且，他吃饭时总是弄出很大的响声，猪吃食似的，我一听见就恶心，就吃不下饭。

村长心里又咯噔了一下。

菜花说：他洗碗也和别人不一样，总是要把大碗摞到小碗上面，让人看了就不舒服。

村长说：你就不会跟他说说，让他改一改？

菜花说：他改不了，习惯了，说一百次也改不了！

后来，村长就走了。村长本来想再劝劝菜花的，想了想没劝。

铁匠铺

村口老槐树下有一个铁匠铺，铁匠铺里的风箱长吁短叹的呼呼声终日响个不歇，炉里的火通红通红，老铁匠光了头，铁钳从红红的炉中夹出一块煅烧得赤红的铁，于是，村子里便响起了一长一短、一轻一重敲击铁块的声响，把整个冬天敲得干梆梆的。

整个冬天出奇的冷。太阳照在原野上，仿佛一滴黄颜色的颜料掉进了湖水里，稀释得厉害，万籁俱寂的原野遂显出了十分的辽阔。

那个冬天，老铁匠突然间觉得自己老了许多。他的眼睛看东西不像以前那么清楚，似乎蒙了一层雾一层纱。握锤的手也有些力不从心，不那么随心所欲。有时一把镰刀尚未打完，就会气短心虚，大汗淋漓。更重要的是，二十四个节令"哧溜"从脑子里窜得无影无踪。他只好开始凭自己手头敲打出来的一把把镰刀、一张张锄头来算计日月。虽然如此，他却把每个日子都记得非常准确。

就在这一年冬天，村里与老铁匠同岁或更小点的老头们都扛不住节令，一个个钻进黑丢丢的棺材里，被躥起来的一拨儿后生们抬上了对面山上去了。老铁匠忽然感觉到自己离这一天也不会远了。人生就是这样，像熟透的果子，即使没有人去采摘它，总有一天也会自己从枝头上掉落的。老铁匠开始拼了老命地赶打铁锄铁镰，他要在他"走"之前，给村里每家每户备几件铁器工具。现在年轻人看不上这行道，但要在地里刨出粮食，不能没有铁器。

老铁匠毕竟老了，尽管他日夜不停地赶打，铁器仍然很少。即使这很少的几件镰刀、铁锄，也没有多少人去过问。村里的年轻人都扔了锄头荒了地，出门挣大钱去了。

地荒了，老铁匠的心也荒了。他不明白，地无人耕种，地里产不出粮食，挣的钱又派何用场。

老铁匠拄着拐棍去找村干部，村主任笑笑地："世上哪能饿死有钱人？"

老铁匠拄着拐棍去找村支书，村支书也笑笑地："有钱了还能把人饿死？"

老铁匠只好蔫蔫地回到铁匠铺里。

地里的蒿草开始从一拃高长至半人高，再长至一人高。草荒了地，地荒了粮，粮荒了老铁匠的心。

老铁匠开始拄着拐棍在村口蹒跚走动。每走过一户人家，当他看着吊在山墙上那生了铁锈的铁锄铁镰时，总要呆呆地站上半天。"钱能当饭吃么？"老铁匠常常这样想。

这年秋后，村里只有几户人家收了粮，老铁匠也就在这年秋天里丢了村口的那间铁匠铺"走"了。老铁匠没有后代，收的徒弟早随了其他年轻人去外地挣钱了。于是风箱被人抬走，丢给了村里的五保户；打铁用的铁锤在给老铁匠砌过坟头之后，不知被谁随手拿走。唯独那铁砧，人们都怕费那个力，被冷落在村口的老槐树下。过往行人累了乏了，就坐在上面歇息。

老铁匠是为村上人、为粮食担忧而死的，但也说不上他的担忧是对的还是多余的。这年年尾，出外挣钱的后生陆续回村，他们并没挣多少钱，可每个人脸上都放了光亮。他们毕竟在外面大开了眼界，毕竟学会了在脖子上勒上领带、双手撑开老板裤袋神气地走路，学会了打麻将自摸……

第二年开春，后生们又吆五喝六地要外出挣钱。不过这一次临走前他们没忘了先把地深翻一遍然后撒上种。当他们从墙上取下生锈的铁锄时，才忽然记起了村口老槐树下的铁匠铺，记起了老铁匠。他们叹息老铁匠铁器活做的恁好，却一辈子没走出过大山。不过叹息归叹息，过后他们照样出了门。

桂　花

高高的山梁上有一棵树，是一棵桂花树。

桂花树很大，于是，树背后那两间墙皮已被风雨蚕食剥落了的石板房，越发显得矮小。

石板房里住着一个女人，一个独身女人。

桂花开了，谢了；谢了，又开了。女人仍旧是孑然一身。

那个时候，女人干完了一天的活，就在桂花树下坐出一种姿势，怀里抱着与她为伴的老花猫，守望着桂花树，把一天剩余的日子打发掉。夜色渐浓，猫不叫，人不语。如绳的小路在苍茫中延伸，山野寂静，女人心里也空空。

女人叫桂花，长一副白白净净的脸面，小巧玲珑的腰身，软软的，就是石头心肠的男人看了，也会生出许多念头。桂花的娘家，在一个比这个地方更苦的山沟沟里。因她有了这般姣好迷人的腰身，因她有了这般爱死人的脸面，就嫁到了这个比她娘家好出十倍的地方。做女孩的千般好处就在这里：男孩子生在了哪里，便像这棵桂花树一样，永远不能挪动；而女孩，却可择地、择人而嫁。更何况桂花又是这等出众、漂亮的女子呢？

桂花嫁到这里时，正是八月。米黄色的桂花开得正旺，浓浓淡淡的幽香飘出老远老远。那天，山里的沟沟洼洼，一下子冒出许多人，他们走十里八里，赶到这里，看一眼做新娘的桂花，就叹一声天底下还有如此这般水灵的美人！桂花那虎背熊腰的男人，拥着桂花，得意得不得了，从家里搬出深藏在红苕窖里的桂花老酒，把那些老死不相往来的村人，喝得一塌糊涂。

但是，就在第二年春天，桂花那虎背熊腰的男人，在修山里通往山外的公路时，没能顶过一块大石的突袭，丢了她，丢了那两间石板房，丢了那棵桂花树去了。男人去了，连个养崽的种都没给她留下，而给她留下的却是"灾星"、"克星"的坏名。村里人本来来往就少，现在见了她，更像逃避瘟神似的，躲得老远。公路通了，山里热闹了起来，而桂花空守着那棵桂花树，却更加冷清。到后来，冷清惯了，也就不再感到冷清了，她便养了一只猫。她一天天抱着那只老猫坐在桂花树下，看山里人沿公路去了山外，看山外人沿公路进了山里。

又是八月。某一天，一个山外来客路过她门前时，发现了她和她背靠着的那棵桂花树。那人走近她，说："大嫂，将你这棵桂花卖几只与我吧！"她说："这么大一棵树，卖什么？你随便折吧！"那人搭梯爬上树，足足折了一抱，然后，将它插在车头，骑上车走了。临上车时，那人回过头，冲她感激地一笑。这些年，她几乎忘了笑是怎么一回事。她心里好激动哟，她感激地向那人点了点头。

这之后的日子，桂花的生活发生了很大的变化，好似平静的水潭，一下涌来了许多鱼儿，在水中搅出了七彩的浪花儿。

就在那折桂花的人走后的第二天，桂花吃罢早饭，在炕栏上拴了老猫，正待上后坡去收南瓜时，猛然发现，从公路走来许多人。老的、少的、姑娘、小伙，纷纷朝桂花树下涌。桂花的场院里顿时热闹起来，笑声一浪盖过一浪，惊跑了满树鸟儿，带走了笼罩场院多年的死寂。桂花知道了他们都是来买桂花时，忙放下手中的篮子，搬来梯子："买什么！想折哪枝折哪枝吧。"然后，忙里忙外，沏出一杯杯酽酽的桂花香茶，让折花的人喝得满嘴生津。

折花的人一天比一天多起来。桂花看着人们折走一搂一搂的桂花，心底也就萌生了许多快乐的感觉。她陡然间觉得自己年轻了许多。她专门跑到后梁上，采摘了野皂荚，将头发洗得又黑又亮，再在鬓角上抹了小灰，用丝线绞掉了绒毛。当她穿上压在箱底多年的还是新婚燕尔时穿过的衣服时，仿佛山里的太阳亮了许多。桂花干完了地里的活，不再抱着那只老猫坐在桂花树下了。等树上桂花全都凋谢之后，她在树下挖了很大一个坑，拼力挑了几担粪，倒在树根上。她要让明年的桂花开得更稠更香，要让更多的人来分享桂花的馨香。

果然，第二年桂花开得比任何一年都多，密密层层叠满一树，采花的人更是蜂拥而至。他们本是冲满树桂花而来的，及至他们匆匆赶到树下，打算采摘花枝时，目光却不由自主都黏着在了女主人身上。他们万万没有想到，这女人竟是这样的漂亮。真是深山藏娇啊！那楚楚动人的腰身，那迷人招魂的神韵，简直令他们神魂颠倒。一时间，有关桂花的种种传闻，纷纷在山外的小镇上传开。一些本不采桂花的后生们，也按捺不住了。拾掇得利利索索，争先来到桂花树下，以各种方式取悦桂花。若讨得了桂花的一笑，便喝晕了酒般地乐。临走时，手上并没有采什么桂花，只是心里采着了女主人桂花那最最迷人的神韵。桂花呢，也很快明白了这一切，心底埋藏多年的一种欲望就在萌动。桂花知道，她的桂花被人采走了，她的神韵被人采走了，她的心也被人采走了。

这一年秋后，村里人忽然发现桂花失踪了。

有人就猜测，桂花是不会离开这里的，因为她男人死了这么多年，桂花从未动过什么念头；也有的说，桂花是离开了这里，因为人们似乎记得，某个云雾缭绕的早晨，桂花臂弯里挎着一个包袱，手里端一棵桂花树苗，顺公路出山走了的……但无论村里人做出怎样的猜想，事实却是：桂花不见了。

桂花不见了。高高的山梁上从此只留下了一棵树，还有那树后矮塌塌的石板房。

手　套

每年冬天，队里都要组织人去南山修水利。

那时，队里有两个知青，一个叫韩小飞，一个叫康正龙。队里修水利，他们俩自然也得去参加。

韩小飞当时处了个女友在城里工作，她对韩小飞十分关心，得知韩小飞要上山修水利，便用旧毛线打了一双手套给他送来。韩小飞平时干活积极，加之人缘又好，深得队里人的喜爱。那时，上面正分配了一个推荐上大学的名额。队里人众口一词，都推荐韩小飞，因此，当他女朋友给他将手套捎来后，他起初是不愿戴在手上，怕别人说闲话。

修水利，开山炸石，加之冬天的风像狗的牙齿一样，咬得人的手钻心地疼。时间一长，韩小飞还真有些招架不住了。加之他被推荐去上学的学校又是音乐学院（他平时喜欢弹琴），心想，自己反正是要走了，况且，这手套戴在手上又不妨碍劳动，说不定还能把活干得更好呢，韩小飞再上工时，就把藏着的手套戴在手上。果然，戴上手套后，不仅没有影响劳动，干起活来反倒比以前更得心应手，一天竟然干了过去两天的活。

大约过了有两个余月，公社通知韩小飞和康正龙去公社。韩小飞起初并不知是让他去干啥，等到了公社，方才知道，原来推荐上大学的事有了变故，名额只有一个，而康正龙也托了人想占这个名额。公社领导决定把他俩叫来考察考察，再做决定。韩小飞当时心里虽有些慌，但仔细想了想，也就心定了。无论是政治表现，还是文化课，他心里都有数，绝对比康正龙强许多倍。康正龙平时吊儿郎当的，要不是托关系，怕连这考察的机会也没有。但不管怎么说，韩小飞心里还是有些慌。

到了公社后，公社教育干部和书记便让他们到公社会议室去，说县上来的领导正等在那里要考察他们呢。果然公社书记高明月正陪着一个肥头大耳的人坐在那里，见他俩进去，便笑着站起来，很亲切地和他和康正龙握手。韩小飞和康正龙紧张的心情释然了，这领导，还真平易近人呢。在和他握手时，那只胖胖的手抓住了他的手好久好久，仿佛是见了久别重逢的亲人似的。握完手，那领导便站起来和书记高明月一块儿走出了会议室。

韩小飞和康正龙，以为领导和书记一块儿去商量，便在那等，可左等右等，再没见那胖领导出来。他们便去问公社教育专干。专干说，领导已走了。韩小飞说不是要考察么，怎么就走了？专干笑笑说，人家已考察好了。韩小飞就觉得这事怪怪的，见面还没说一句话，就算考察完了。

过了几天，录取通知下来了。只是录取的不是韩小飞，而是康正龙。韩小飞怎么也想不通无论凭哪一点也轮不上康正龙呀。他便问教育专干。专干无可奈何地说："都是你那手！"韩小飞说，我手咋了？专干说你自己看吧，哪像正经人的手。韩小飞就看。看着看着，他就明白了。回家后，韩小飞便把女友给他的手套丢进火里烧了。从那以后，他再未戴过一双手套。

守 望

小油匠是在春天里死去的。

那时候，山清水秀，漫山遍野里开满了野桃花，一嘟噜一嘟噜的，很热闹。

小油匠的油坊就在村西端的那片桃林旁。

大家去看时，小油匠不像是死去的样子。他躺在靠近后窗的床上，仿佛是瞌睡了过去，那"井"字格的小撑窗洞开着，一股股桃花的馨香随风而入，沁人心脾。人们看见，小油匠的身上飘落着几瓣粉红色的桃花，那张年轻的脸上，洋溢着几丝得意而满足的微笑，好像正在做梦当新郎似的。

小油匠就这样死了，身上没病没伤的，死得很安详，村里人都觉得蹊跷。

后来，村里人便纷纷相传，说小油匠其实是被桃林里的一只狐狸精缠死的。那是只修炼千年的狐狸精，一到月朗星稀的夜晚，便化作一个年轻美貌的女子去和小油匠约会。

这传闻说得神乎其神的，听得大家一个个一惊一乍的，从此，再也不敢越近那片桃林半步。但村里的那些年轻的后生们却一个个脸上露出羡慕之意，说，狗日的小油匠，没枉做一回男人，死了也值。

小油匠爹娘死得早，是个光棍汉。

那时，村子穷，不仅仅是小油匠，村里好多和小油匠年龄不差上下的后生都说不来媳妇，白天在地里挖地锄草有活干，晚上在床上翻来覆去却没事做，一夜一夜的只好在月亮地里喝酒唱歌。他们先唱：女儿生得细精精，细腰细手浑身，四两灯草拿不动，夜驮情郎还嫌轻。接着又歌：掌柜的，坐椅子，你家有个好女子，你不给我我不走，我在你门上耍死狗。

唱着唱着，大家望着那片桃树林就想起小油匠来。

"狗日的小油匠没枉做一回男人！"

一天夜里，大家又聚在一块喝酒唱歌，喝着唱着，就突然发现没见了长武。有人说，好几个晚上长武都没来了。大家便去长武家喊：长武，长武！长武爹说，长武不是和你们在一块儿吗？大家说，长武几个晚上没去喝酒唱歌了。这样一说，长武爹便有些急，和大家一块儿满村子去找。

仍然没见长武。

有人猛然想起了那片桃林，想起桃林的狐狸精以及小油匠的死，便猜想，长武会不会被狐狸精所迷？

听了这话，大家心里一沉。

于是，几个胆大的便相互厮混着一块儿去桃林找。

果然，等他们走近时，发现小油匠的油坊里亮着昏黄的灯光。透过窗子，他们看见长武穿着平素很少穿的那套干净衣服，坐在小油匠的那张床上，正痴痴地望着窗外的桃林发呆呢。

死亡体验

河湾很静。

女人像一只猫一般依偎在男人的怀里，睁着那双秋水盈盈的眸子，一往情深地望着男人那轮廓分明的脸。男人笑了笑，低下头在女人那炽热的唇上吻了一下，目光随即游移开去，落在了他们身下巨石前的那个深水潭上。水潭很深，昏暗而幽蓝的潭水在黄昏的阳光下，泛起一丝丝令人毛骨悚然的寒意。潭中不时传来鱼的喋喋声。男人说，你真的不怕吗？

女人说，只要和你在一块儿，我什么都不怕。

男人回过头望着姣美动人的女人，很是感激地笑了笑。

这时，远处传来了一声狗叫。男人听到狗叫声，心里一咯噔；女人的心里也一咯噔。男人和女人的思绪一下子都沉浸在了以往的许多个夜晚里。村子里家家户户都喂了狗，那些个夜晚，夜夜都有狗叫声。男人和女人不约而同地将目光沿着狗叫声从白亮亮的河滩上划过去。河滩的对面就是村庄，地里的庄稼已经收割完毕，田野显得空旷而辽远。村头那幢三层的小洋楼在收了秋的田野里更是显得引人注目，那是二水的花炮厂。

男人和女人都是花炮厂的工人。就在两个多小时之前，他们还在那小洋楼里走进走出，一边干活，一边和其他工人们有说有笑的。虽然许多天之前，男人和女人都已做出决定，选择了沉河而死这条路，但那时，他们仍然表现出一副泰然自若的样子。各方面的压力已把他们逼上了这条绝路，因此，他们早已将沉河而死看得和游泳一般轻松自如。他们已不图别的什么，只求能死在一块儿就行了。

狗依旧在叫着，那叫声走过白亮亮的河滩，走过宽宽的水面，变得动人而可爱了。此时，男人和女人已吃完了他们准备的最后一顿晚餐，双方都换上了干净而漂亮的衣服。女人总是那样，面对死亡也要把自己打扮得极尽漂亮。她拿着一片小圆镜仿佛要做新娘似的，一次次为自己搽脂抹粉、画眉描口红，又一次次擦去，直到男人满意才罢了休。

男人呢，自始至终都显得从容不迫。他搬来一块很大的石条，用事先准备好了的绳子五花大绑地捆了个扎实。他要到最后一刻，再将这块石头拴在两个人的身上。

做完这一切，已暮色四合了。他们又走到一块儿相依相偎相拥着，如胶似漆地吻着。之后，他们转过头深情地望了村庄一眼，又望了一眼。二水的花炮厂正灯火辉煌，那里的工人们也许正一边干活，一边像以往一样在说笑呢。女人突然想起了过去的日子，女人想起过去的日子，禁不住，一串泪水夺眶而出。

男人正在把那拴着大石条的绳索像戴光荣花似的往两个人身上套，一滴泪水掉在了他的手背上。

又是一滴。男人说，如果你后悔，还来得及。

女人凄惶地望着男人说，那边不知道有狗没有？

男人说，不知道。

女人说，以后咱真的啥也不怕了，可以长相厮守、长久相爱吗？

男人说，或许是吧。于是，男人和女人紧紧抱在一起，拼力拖着那个石条，如同走向洞房似的向深潭挪去。

"轰隆"一声，从村庄传来了一声炸响。走近深潭的男人和女人受这一惊，僵直地站住了。

他们回过头去，村子的上空腾起一股黑烟。二水那方才还是灯火辉煌的小洋楼，此时已成了一片火海。

二水家的花炮厂爆炸了！有人喊。

随着这一声喊，村子里许多人纷纷朝二水家里赶去。一些人冲进了火中，开始在残垣断壁之中寻找着被炸的人。当一具具尸体被冲进去的人们七手八脚地从火海中抬出来时，一股可怕的阴影一下子罩在了女人的头上。没有想到，他们为了死而绞尽脑汁，却还活着。而那些快乐地活着，并想永远活下去的人，却遭了不测风云。男人的身体也在微微地抖动着，他突然感到，死是那样的可怕。不知什么时候，他已解掉了套在身上的那拴着石条的绳索。

男人问，怕吗？

女人说，不怕。女人嘴里虽然这么说，可整个身体却像筛糠一般地抖动着。她那细嫩的手掌有点冰人。男人和女人不知为什么突然产生了要活下去的念头。

男人说，咱回吧。

女人说，回吧。

于是，男人和女人沿着他们走来的路向村里走去。

回　家

　　民国十八年秋天，奶奶让爷爷去城里买了很多布：红的、绿的、蓝的……各式各样的布匹堆了一床。奶奶每天很早很早就起了床，悄悄梳了头、洗了脸，就搬一只小凳坐在门口给爷爷和我的父亲以及叔叔做衣服。

　　父亲和叔叔是双胞胎，刚刚五个月。

　　奶奶的房屋临着小镇的街道，奶奶做一阵子衣服，便将目光移开去静静地瞅一会儿街道。黎明的街道很冷清，极少有早起的人在街道上走动。一只两只的狗，摇头晃脑大腹便便地从街道上穿行而过，样子极为从容。偶尔吠一两声，清水凌凌的响亮，越发显出小镇的空寂。

　　奶奶的心那时也和这清晨的街道一样空寂。

　　就在这之前的两个多月，奶奶突然感觉身体不适，爷爷就让奶奶去城里的药铺看看。一个满头银发戴一副石头镜的老中医给奶奶号完脉，虽然没有说出病因，但奶奶从老中医的脸上以及爷爷那惊慌失措的表情里读懂了病情的严重。

　　爷爷待奶奶很好。虽然家里穷，他还是清理了家底，又东借西凑弄来了钱，劝奶奶去城里治病。奶奶知道自己家里锅小碗大，她更明白这病去看了也是把钱向水里扔。况且，怀里尚有两个不足半岁的孩子。任凭爷爷好说歹说，奶奶就是不去。奶奶说，她并不怕死，一个人来这个世界上迟早总要走这条道的。她只是担心两个儿子尚小，她死了没人照顾；她只是担心她死了，爷爷白天没人做饭，夜里无人暖脚，衣服破了无人缝补，有个三病两痛的无人服侍。

奶奶这话就说得爷爷的泪珠儿稀里哗啦地流，流得一塌糊涂。奶奶不去城里看病，爷爷就去城里买药，他无论如何要尽到自己的一份责任。

药吃过一包又一包，爷爷兜里的钱几乎全都扔到奶奶的药罐里去了，可奶奶的病情却一日重似一日。奶奶心里清楚，她无论如何是熬不过民国十八年的秋天了。便硬让爷爷将买药的钱买了布，她要在有生之日里给爷爷以及不足半岁的父亲和叔叔缝制出足以穿三年的衣服。

后来的一天，爷爷去城里给奶奶抓药就没有回来。小镇上的人说，在小镇去城里的山道上两支队伍接上了火，死了好多人。奶奶听了这话，心里好疼好疼。她淌着泪去那里找爷爷。她是要死的人了，可以没有男人，但两个孩子是不能没有爸爸的。

奶奶在横七竖八的尸体中找了一天，活没见爷爷的人，死没见爷爷的尸体。

夜里回到家里，奶奶望着空荡荡的房屋，再望着那两个酣睡的孩子，突然意识到：爷爷是将这个担子交给她了。

奶奶再也顾不上坐在门口缝衣服了。两个孩子两张嘴要吃，她得去地里干活；孩子病了，要治，她得去为孩子弄抓药的钱。奶奶一日一日地巴望着孩子长大。

两个孩子果然长大了。他们已穿完了奶奶提前为他们赶做了三年的衣服。但奶奶并没有死去，更为奇怪的是，奶奶的病也似乎从体内消失了。

三年后的一个晚上，奶奶哄睡了两个孩子，正待上床睡觉时，有人敲门。奶奶打开门看，不由吃了一惊：门外站着爷爷。奶奶两手揉了揉发花的眼睛，再仔细一看，还是爷爷。

爷爷脸上也是一副吃惊的样子。

最终还是奶奶颤着问了一句："你是人还是鬼？"

爷爷说："我怎的是鬼？那一回我被人抓了壮丁。"

奶奶就哭了。奶奶又病了。几个月后奶奶就死了。

奶奶死了，爷爷哭干了泪。以后的岁月里，爷爷总是在不停地叹息，他说那时他真不该回家！

拐　子

　　拐子自小死了爹娘，孤苦伶仃，无人管教，逐渐养成了好吃懒做、游手好闲的恶习。

　　到了十几岁，同龄的孩子都帮爹娘打猪草、砍柴，而他终日袖着手，在村子里东游西荡。天冷了，他死皮赖脸地坐在人家的火塘里，凭你怎样变脸做气，他都装着没看见。实在饿了，他便将队里的玉米棒掰几个，再弄些黄豆放在坡上用火烧着吃。

　　转眼拐子长到了十八岁，队长让他到队里干点轻松活。可拐子手无缚鸡之力，连点包谷粪也供不了，气得队长一顿臭骂。

　　这一年，大队组织文艺宣传队，要人，队长便把拐子送了去。

　　拐子去了，戏文不会唱，笛子、二胡、唢呐他一样不会。宣传队长就让他跟人专门搭台子。

　　那一次，宣传队到陈村学大寨工地去慰问演出。搭戏台子时，拐子不知钻到哪里磨蹭去了，直到台子快搭好了，方才跑来。搭台子的人就气不过，让他将主席像镜框挂到天幕上去。拐子无奈，只好爬上桌子。主席像还未挂好，拐子感到脚向下一闪，就翻了下来，可那主席像却紧紧攥在他手里。

　　这件事，很快让公社革委会知道了。从此，拐子便红得发紫，因为他是为保护主席像而被摔拐的，理所当然地被评为先进分子。宣传队再不敢小看他了，什么活也不让他干，只让他拄着拐杖，随宣传队做报告。每次报告，他总是要说："我在摔下桌子时，第一件事想到的就是……"

半年后，村里原来从不正眼看他、长得白嫩的姑娘秀秀嫁给了他，并且给他生了五个革命后代。

那一年，村子里的土地一股脑都划到了各户。队长念他拐了腿，儿女又小没给他分地，按月分给他提留口粮。两三年过去了，村里其他人气球般肥了起来，有人还盖起了砖楼；而拐子家，五个孩子都到了长身体的年龄，口粮不够吃。老婆再也沉不住气了，撇下他和五个孩子跑了。拐子气得昏睡了三天。

拐子爬起来去找村长，要按人头分地。村长说："你这腿，能种地吗？"

"怎么不能？老实说，我这腿根本不拐。"

"什么？"

"我这腿根本不拐！"

"那……"

"是我装的。"

村长不相信，众人惊得目瞪口呆。

确实，当初他只想躲几天懒，假装摔了腿。谁料到会被评为积极分子，而又得到了许多好处。他便装了下去。

现在，他要向人证明，他根本不拐。

然而，当他丢掉拐杖，刚要迈出第一步，却一个趔趄栽倒了。那腿怎么也伸不直了——他成了真正的拐子。

拐子一病不起，躺了三年。

去年冬至过后，拐子死了。

一只鸟

　　每天清晨走进公园时，他总要在那位盲眼老人跟前徘徊好久好久。盲眼老人是遛鸟的，一手拄着拐杖，一手提着只精致的鸟笼，笼里养着一只他叫不上名的鸟儿。鸟儿好漂亮好漂亮，一身丰泽的羽毛油光水亮；一双乌黑的眼珠，顾盼流兮，滚珠般转动着；特别的是鸟儿的叫声，十分的悦耳。更重要的是，那只鸟有个令人怦然心动的名字——阿捷。每次，盲眼老人用父亲喊儿子般亲昵的口气"捷儿、捷儿"地叫着那鸟儿，教那鸟儿遛口时，他心里就像发生了强烈的地震一般，十分不安。

　　他是个很古板的法官，退休这么长时间，除了每早来这公园里溜达溜达外，不会下棋，不会玩牌。对于弄花儿、草儿，养个什么狗儿、鸟儿的也几乎没有一点兴趣。但自从他见了那盲眼老头养的那只叫阿捷的鸟儿之后，他就从心底生出了一种欲望——无论如何也要得到这只鸟儿！

　　有了这种强烈的占有欲望之后的日子，他就千方百计地有意去接近那个盲眼老头。盲眼老头很友善，也很豁达。他几乎没有费什么力气，就和他成了很要好的朋友。

　　他简直有点喜出望外。

　　盲眼老头孤苦伶仃一个人，每天早晨他便很准时地赶到公园去陪老头一块儿遛鸟。他把盲眼老头那只鸟看得比什么都贵重，隔个一天两天，他便去买很多很多的鸟食，送到老头家去。他和老头一边聊着天，一边看鸟儿吃着他带来的食物。常常看得走了神，失了态。好在这一切，那盲眼老头是看不见的。

有一天，他终于有点按捺不住了。他对盲眼老头说，让盲眼老头开个价，他想买下那只鸟。尽管他说的话很诚恳，可盲眼老头听了他的话，先是吃了一惊，继而摇了摇头："这只鸟儿，怎么我也不会卖的。"

"我会给你掏大价的，"他有些急了，"万儿八千的，你说多少，我掏多少，绝不还价。"

"你若真的喜欢这种鸟的话，我可以托人帮你买一只。"盲眼老头说，盲眼老头的态度也极为诚恳。

"我只要你这只！"

可是，不管他好说歹说，盲眼老头就是不卖。他打定不到黄河不死心的主意，又去和老头交谈了几次。老头仍是那句话："不卖！"这使他很失望。一次次失望，他就感觉到自己的心像堵了一块什么东西似的。他就病了，他心里明白自己是因为什么病的。儿孙们又是要他吃药，又是要他住院，他理也懒得理。

几天以后，那位盲眼老头才得知他病了，而且知道病因就出在自己的这只鸟儿身上。老头虽然舍不得这只鸟，还是忍痛割爱提了鸟笼拄着拐杖来看他。

"老弟，既然你喜欢这只鸟，那就将它送给你吧。"

躺在床上的他，看到提着鸟笼的盲眼老头，听了这话，激动得差点掉下泪来。病也当下轻了许多。他一把握住老头拄着拐杖的手，久久地不松开。

"老弟，其实这并非什么名贵的鸟，它不过是一只极普通的鸟。我买回它时，仅花了十多元钱，不过，这多年……"

"老兄，你别说了。我想要这只鸟，并没有将它看成什么名贵的鸟。"

几天后，盲眼老头又拄着拐杖去看他，也是去看那只鸟。可是，盲眼老头进屋时，却没有听到鸟叫声。盲眼老头忍不住了，问："鸟儿呢？阿捷呢?"

许久许久，他才说："我把鸟放了。"他没敢正眼去看盲眼老头，可是他能想象得出盲眼老头听了这话时那种满脸诧异的样子。

"什么？你把鸟放了？你怎么可以放了阿捷呢?"果然，盲眼老头说话的声音变得异常激动。

"是的老兄，我把鸟放了。你不知道，我这一生判了几十年的案子，每个案子不论犯法的是平民百姓还是达官贵人，我都觉得自己是以理待人，判得问心无愧。现在细细回想，这一生，唯一判错的，只有一个案子。当我发现了事实真相后，未来得及重新改判，他就病死在了牢狱里。我现在已退下来了，这事也没有任何人知道。可自见了你提的鸟笼和笼中那只叫阿捷的鸟儿后，我的灵魂就再也不能安宁了。老兄，我错判的那个青年也叫阿捷呀!"他说着说着已是泪水扑面而下，他发现盲眼老头听了这话，竟然变得木木呆呆的样子，那双凹下去的眼也有泪水流了出来。但他始终没有说一句话。

几年后，盲眼老头先他而去了。他作为盲眼老头的挚友，拖着年迈的身体亲手为盲眼老头操办了后事。办完后事，在为盲眼老头整理遗物时，他从盲眼老头的一个笔记本里发现了一张照片。照片上是一个身强力壮的后生。他看了照片一眼，又看了照片一眼，他真不敢相信照片上这个年轻的后生，与他记忆中的阿捷竟然是那样地相像。他不知道，照片上的后生真的就是那个阿捷呢，还是一种偶然的巧合!

一个新兵与三个俘虏

老班长临死之前，躺在破庙外的草垛上，一双和善的眼睛无力地睁着。当他看到坐在旁边的新兵阿福那双仇恨的眼睛，听着破庙里传出的鼾声、磨牙声和梦呓声时，心里不由一惊。他紧紧攥着阿福的手，久久地不肯松开。

"阿福，看样子我是不行了，押送这三个日本人的任务就落在你一人头上了。我知道是日本人杀了你爹娘，又是日本人烧了你家的房屋，杀了他们也不能消你的深仇大恨。但这三个日本人是我们的俘虏，你千万不能感情用事。无论如何，也要想办法将他们送到云州城去，完成组织交给我们的任务。阿福，你一定要答应……"

老班长断断续续地说，说到后来，竟成了一串痛苦的呻吟。

阿福心里却不愿答应老班长的乞求，但当他看到老班长被痛苦折磨得扭成一团的脸，看到老班长久久不愿合上的眼睛时，只好违心地点了点头。

第二日，阿福在破庙旁草草安葬了老班长，就准备押着三个日本兵上路。

三个日本兵虽然身上都受了伤，但为了预防万一，阿福还是过细地将每个人身上搜了一遍。之后，用绳索缚上每个人的一只手，将三人连为一体。这时，天突然变了，呼啸的山风刀子一样飞来。三个日本人龟缩在破庙里，赖着不走。他们甚至气焰嚣张地攥着那只没有被捆绑的手，对阿福龇牙咧嘴。

黄昏时下开了雪。雪下得很大，铺天盖地。阿福望着破庙角落里冻得缩成一团的三个家伙，恨得牙根出血！凭阿福的经验推断，这场雪是"封山雪"，不会很快就停。"该死的家伙！如果那时走的话，无论如何也落不到这地步！"有几次，阿福拿起枪，顶上子弹，真想用枪了结了这三个家伙。但一想到老班长就埋在破庙旁，一想到老班长临死前说的那些话，他终于强压住了心头的怒火。

雪一连下了三天三夜，仍没有要停的意思。阿福心里就着急起来。这样熬下去，几个人不被冻死，也得饿死。他望着坐在火堆旁的三个日本兵，一头钻进门外的大雪中去了。

雪好大好大！

一连几天，三个日本人发现阿福每次从风雪中回来，总提着半袋东西。但他们发现他们的碗里，除多了些难以下咽的野菜外，米粒越来越少了。他们又是敲碗，又是攥拳头，咬牙切齿叽里呱啦对着阿福吼叫。阿福对此好像没有听见似的。每次吃饭，阿福都远远地离开他们，背对着他们，任凭三个日本人怎样喊怎样叫，他都吃得稀里哗啦一片响。"让这三个人喊吧叫吧，再过一两日，他们也许就叫不出来了！"

果然，第二日午饭时，三个日本兵再也不喊不叫了。他们很安静地吃过饭，叽里呱啦悄声说了一阵话后，就见一个日本人搬起了地上的一块石头，悄悄地挪动着步子向阿福靠近。

危险正悄悄地逼向阿福，阿福却不知道。他没有听到日本人走近的声音。他只是背对着三个日本人，将刚刚端出的一碗热气腾腾的饭，吃得稀里哗啦响。三个日本人突然安静下来，在他的预料之中，他并没有想到会有意外的事情发生。

阿福的背后，那个日本人悄悄地举起了石头。

"砰！"

阿福倒了下去，没喊没叫地倒了下去。

那个日本人望着软软倒下去的阿福，再望着自己举在空中的石头，不由得大吃了一惊。他发现阿福的老碗里，除了冒着热气的开水外，连一片菜叶也没有。

三天后的一个黄昏，有人在云州城的街头上发现了三个昏倒的日本兵。他们身旁放着一副用柴棍绑成的简易担架，担架上躺着的却是一个昏迷不醒的中国士兵。士兵的怀里抱着一支枪，还抱着一只大大的老碗。

等　车

都没有说话，所有的目光都一顺儿瞅着公路的一端。

公路像是懒婆娘丢下的一条裹脚布，松松垮垮、七扭八弯地盘在山头上。没有人。只有一只狗迈着闲散的步子走走停停，再就是风纠缠起来的一些黄尘。

都这样望着。

有人说，咋还不来，太阳都过河了！

人们都灵醒过来。从公路那端短下来的目光，又蛇一般沿田畴爬过去，一直爬到山底下的那条白丢丢的河里。

河里，水清沙白。黄昏的太阳长了脚似的，说话的工夫，就从河滩走到了山根根。

山根里没有树，山上也没有树，光秃秃的。一眼一眼的土洞渴了似的张着嘴。

这样看着，村长就想起了赵乡长，想起了赵乡长带着他们在山上淘金的情景。

那些日子真好呀，赵乡长带着大家像老鼠一样，在山上打出一个一个的淘金洞，那钱有时就像秋天的树叶似的，风一吹就哗哗地往下掉呢。有了钱，赵乡长就带着大家架桥修路，就带着大家拉电，就带着大家盖房买电视，穷日子总算走到了尽头。

"可赵乡长呢？"村长说，"可赵乡长呢！"

这样想时，山顶的公路上便蹿起一股黄尘，那黄尘蘑菇云似的沿着公路往下跑着。

有人喊：来了，来了！

大家真的就听见了车的轰鸣声隐隐从山顶上传来。

村长便站了起来，所有的人也都站了起来。大家的目光都不约而同地瞅着站在村长身边的根友。

根友下意识地用手摸了摸衣服的口袋，有些激动又有些紧张。那件西服显然是刚上身的，有些大。根友将衣服的下摆往里掖了一下。

村长说：根友，你该不会弄错吧？

根友说：咋能呢？法院院长我在电视上看见过的。

村长说：我是说，你该不会将他住的地方看错吧？

根友说：我在法院门口守了好多天，好容易等到他，我就跟着他的屁股后面，连眼眨都没有眨，就这样一直跟到他的楼下，跟到楼梯口看着他进了门我才走的，能错？

"你说这能错？"根友强调了一句。

村长说：我是怕你看走眼了。人有时看东西是很容易看走眼的。

村长说：你可是代表我们全村的人去办这事的，错不得的！

这时，那堆黄尘已扑到了他们的面前。黄尘的前面是一辆班车，班车的轰鸣声好大。

所有的手都扬了起来。

车就停了。

根友准备上车，村长仍然有些不放心。

村长说，你一定要将那两万块钱交到院长的手里，我知道他们办案子连差旅费都报不了。你就说我们全村人求他，让他一定给赵乡长判轻点。不就是十几万块钱么？你说，赵乡长带着我们，让我们每家每户都挣了十几万块钱呢。他那不叫贪污受贿，那钱是我们心甘情愿让他得的。

村长说，你就说原先那些个乡长倒是不贪污不受贿，可他们谁让我们富起来了？

说话时，车又开始启动了。大家又都举起了手，那手对着那股黄尘不停地挥呀挥。

结　局

　　小女子有个很好听的名字叫潇白。大家都以为她姓白，因此就小白小白地喊。潇白也懒得费口舌去纠正，别人叫：小白。

　　她就答：嗳——

　　你家小龚昨晚又没回来？

　　小白说，加班哩。

　　都以为她是南方人，因为她说起话来舌头就好像春天风中的柳条似的，软声细气的。即使是生气骂人的时候，听得人骨头都要化。

　　潇白住的这地儿，是个大杂院，全都是租房户。天南地北的人，问话的是四川腔，答话可能就是河南腔。旁边要是再有几个插话的，也都是不同的口音。

　　有人说，这小龚，光忙着给别人种田，自家的地却荒着。

　　潇白就不再搭腔了，端了洗衣服的盆子，小腰一扭一扭地回屋去了，再没出来。

　　潇白的男朋友小龚是干什么工作的，大杂院没有人知道，平时大家很少能见到他。回来了，总是提着大包小包的东西，全是商场里买的零食。潇白就将这些零食拿一些出来，分给邻家的孩子。潇白自己也吃，她搬了椅子，坐在门口，她吃一口，给脚前卧着的小狗喂一口。大杂院的人都知道，这个时候，那小龚是在屋子里补晚上的觉，过来过去，就放轻了脚步。

小龚人长得很帅气，一年中大多的日子都穿着一件栗子色的皮夹克，走起路来虎虎生风，眉宇间总是有几分英武之气。大杂院里的人就猜他一定是个刑警。

想想也是，大杂院以前老是丢东西，放在过道的自行车呀，晒在楼顶上的衣服呀，有时，连女人的胸罩这些鸡零狗碎的东西也丢。最厉害的一次，是一个温州的小老板，晚上在床上睡觉，隐隐听到有响动，睁眼一看，见自己的衣服裤子长了脚似的，正从开着的窗户往外跑。小老板头一天刚好从外面收回了一笔款，有三万多块，全装在上衣的口袋里，裤带上还拴了一部手机。眼见着衣服快没了时，小老板一声大叫，抓小偷！

小老板一声喊，满院子的人都惊醒了，大家只是在门缝窗后瞪着眼，没有人敢开门出去。只有一人，浑身上下只划拉了一条裤衩，冲着那贼追了过去。等那人手里拎着小老板的衣裤从外面喘着气跑回来时，人们才看清，是头天刚搬到大杂院来的小龚。小龚什么话也没说，将衣服扔给了小老板就回屋睡觉去了。

经了这一次，大杂院再没有丢过东西。

潇白平时没什么事可做，她的任务就是从早到晚，或是从晚到早地等小龚回家。有时候也出去，或是去街上的某个发廊做一下头发，或是去超市买东西，可时间都不会太长。

有一次，潇白去超市买东西，回来时竟是满脸的泪痕，说话时还在不停地抽咽。一问才知她在外面遭遇了小偷，小龚送给她的价值近万元的一条项链让小偷给摘去了。大杂院的人无法弥补潇白的损失，只能拿言语来劝。

河南腔说，这小偷也忒胆大了，咱刑警的女朋友也敢偷！

四川腔说，咱小白的脸上也没有写字，小偷咋知道？得了，说不定哪一天那小偷就撞到咱小龚的枪口上了，撞上了再好好收拾。

这时潇白家的门就开了，小龚一边打着呵欠，一边从屋里走出来，一问是这么回事，就笑了。说，算了算了，赶明儿重给你弄一条。小龚说话很有意思，他把买不叫买，而是叫弄。大家都笑了。

过了几天，潇白出门时，穿了一件低领衫，她那白玉一样的脖子上果然就挂了一条项链，和先前那根几乎是一模一样。大杂院的人看得直咂嘴。女孩们都说，小白真有福气，咋就能碰上这么好的男人。

当然，也有不福气的时候。

有一天，小龚从外面回来，走路一瘸一拐的，满脸都是血。他的皮夹克的一只袖子，也不见了，好像是从战场上下来的一样。潇白一见，就吓哭了，哭过了，就打车去医院。

这之后的好长时间，小龚很少再出门，潇白陪着他在屋里休息，在院子里转。院子里的几个老头儿老太太，闲了时在院里支个麻将桌打麻将，小龚潇白就搬了凳子坐在旁边看。或者，院子里几个小女孩儿放学回来做完作业跳皮筋，将皮筋的一头拴在树上，另一头就让他拉着。他坐在椅子上，脸上笑笑的，小女孩子们跳着跳着，他就睡着了。

院子里的人都说，小龚小白这俩真是好人呀！

小龚的伤渐渐地好了起来。小龚潇白开始成双入对地一块儿出门上街了。又过了一些时日，有人突然说，怎么这么多天没见小龚，也没见小白了。大家一想，是有好多天没见他们了。他们去敲潇白的门，一敲，门开了，才发现小龚潇白家里的东西全搬走了。这小龚，搬家怎么也不打个招呼。

小龚潇白搬走不长时间，大杂院里又被小偷偷了一次。是小湖北的一辆八成新的摩托。大家又想起小龚潇白来。他们说，还是他们在这好呀。可想归想，他们再没有见过他们。

大约过了半年，温州那个小老板回来对大杂院里的人说，他见到小龚了。大家忙问他在哪儿见到的。小老板就从手提包里拿出了一份报纸，报纸是当地的一份晚报，在头版的位置上有一行醒目的标题：神偷龚晓晓昨夜落网，标题下面是一幅大大的照片：是小龚。

朋　友

　　朋友在小镇开了间衣鞋店。小镇做衣服生意的人很多，唯朋友的审美情趣高，进的货无论是质地还是样式，总是和别人不一样，显得有些非同凡响。加之小小镇子，大家谁与谁见面都是熟人，大凡是熟人来买衣服，朋友都予以优惠。故而，自开业起，朋友的生意一直都很红火。

　　又是夏季了，我和妻子准备给家里人添置些换季的衣服，自然去了朋友的衣鞋店。

　　还是按老规矩，衣服都是按进价，每件加两元的运费。我和妻子都有些过意不去，说还是和别人一样算吧，老是这样不好意思呢。朋友说：别、别，咱朋友之间总不能让钱把眼打瞎吧！

　　我和妻子心里自然又生出许多对朋友的感激之情。

　　朋友点钱时，忽然想起什么似的：对了，这次你俩的嘴可得紧点，不要谁问你价你都给他说实话，上次你在我这儿拿的衣服是不是给谁说了实价？人家乡政府的小刘来买衣服硬说我每件衣服给你少算十几元，都是熟人，要我也给他同你一样的价钱。

　　回到家里，我和妻子思前想后都记不起来什么地方把实价告诉了谁。但我们也不敢肯定在什么地方没有说漏嘴。

　　我和妻子把新买的衣服穿上身从小镇上走过时，自然有许多熟人问起了衣服的价钱。吃一堑长一智，无论谁问，我们报出来的都是朋友告诉我们的大行市价。

大概过了半个月，朋友又去省城进了一批皮凉鞋。我和妻子商量准备再去给家里人一人买一双。我们到朋友衣鞋店门口时，乡政府的小刘夫妻俩正在朋友的店内买鞋。我想：小刘这人好没意思，怎么凭空就给我们来了那么一腿。好在朋友把这话告诉了我，否则，朋友还以为我们是过河拆桥呢。这样想着，我们就悄悄站在店外，想等小刘夫妻俩买完东西走后再进店里去。

店内，朋友正数着小刘递过去的钱。数着数着，朋友忽然想起什么似的把头探近小刘：对了，这次你的嘴可得紧点，不要谁问价你都给他说实话，上次你在我这儿拿的衣服是不是给谁说了实价？人家芦芙荭来买衣服硬说……

后面的话我不听也是明白的。这时，我看见转过身准备出店门的小刘夫妻俩，满脸上都充满了自豪与得意。

招领启事

儿子考上大学的那一年，父亲下岗了。

面对儿子巨额的学费和生活费，父亲第一次感到了生活给他带来的压力。

尽管如此，他在儿子面前还是一脸的欢笑。

儿子终于要开学了，要离开这个小县城了，看着比自己高出一头的儿子，父亲心里竟有些恋恋不舍。在车站的站台上，他隔着车窗对儿子说，爸爸单位忙，就不送你去省城了，你自己照顾好自己。好好读你的书，不要操心家里，爸爸的厂子现在效益好，你读完本科再读研究生，你想读到那里，都有爸爸支持你。

儿子的脸贴在车窗上，像一朵怒放的花。

车启动了，当那朵花越来越模糊时，父亲飞身跑下站台，再过三个多小时，还有一趟去省城的车，他和妻子商量好了，他也去省城，给儿子赚学费和生活费。况且，那里离儿子近，想见儿子时也许就能见得到。儿子从小到大连县城都没有出去过，他有些不放心。

在省城，他见到了儿子那大大的学校，却没能见到儿子。没见到就没见到吧，儿子反正就在那里面。

父亲在离学校不远的地方租住了下来。

城里的钱也并不好挣，刚开始，他去了好多工地，想找点活干，可人家一看他那单薄的身子，都拒绝了他。后来，他去买来了瓦刀和粉墙的刷子像其它人一样，想到劳务市场去等点活干，却常常是等几天，才有一单活。房租和儿子的生活费却是不能等的。

　　有一次，他给人去干活，那顾主要拉一些建材，叫来了一辆三轮车，没想到，那拉三轮的，一趟就挣了三十多块。第二天，父亲便用他身上所有的钱去买来一辆二手的人力三轮车。

　　从那天开始，白天，父亲去劳务市场等活干，当夜幕降临，当这个城市一片灯火辉煌时，瘦弱的父亲瞪着人力三轮车在大街小巷穿行着，寻找着顾客。多一个顾客，就多一分收获，多一分希望。

　　这活儿真好，天天拿的都是现钱。

　　这个晚上，天贼冷，父亲仍像往常一样，在街上寻找着目标，冬天的夜晚，人们大多都龟缩在屋里，眼见都10点了，还没拉上一个活。

　　父亲准备骑车回家，可就在这时，他忽然看见了自己的儿子和一位貌容可人的女孩向他走来。一边走，一边举着手拦挡他的车。

　　父亲心里一紧，他想拒载，但看着冷清的街道再没有车了，便立马背过脸带上口罩，拉低帽沿。

　　车在儿子和女孩面前停住了，他目睹这儿子拉着女孩的手上了车。

　　父亲没有说话。

　　"到三棵树酒吧！"

　　儿子说着，然后，紧紧拥住了身边的女孩。他听见儿子的嘴唇在女孩的脸上走出一片声响。

　　父亲像一头老牛一样，气喘吁吁地蹬着车小心翼翼地在街巷中穿行。他知道，此时此刻，儿子拥着那女孩沉浸在幸福之中，他不能惊散了儿子美梦。

　　儿子真的是长大了，都有了女朋友了，他想起儿子小时候自己用自行车带着他去上学的情境，那时，妻子坐在后坐上，前面坐着的儿子手里拿着一只大给的气球，不时地还回过头在他的脸上亲一下。

糟糕的是，折子在拐进一条巷子时，突然间就发生了故障，或许是两个人的分量太重，也或许是路面不太好，车链"咣"的一声，断了。

　　父亲不得不下去收拾车链，但摆弄了好长时间就是修不好。

　　儿子和女孩先是有些急，接下来就变得有些愤愤的样子。

　　父亲未收儿子一分钱。

　　儿子和女孩走后，父亲忽然发现他们的包丢在了车上。可这时，儿子他们已经走了。

　　几天后，儿子学校的门口贴了一则招领启事，启事是父亲登的，说一位三轮车夫在车上拾了一个包，请失主到××处认领。

爱情两个字好辛苦

叶子离婚了，离了婚的叶子怕静，怕闲，更怕沉溺在往事的小河里爬不出来。

叶子就去找局领导，主动要求去车站旁的电话亭里上班。看到叶子那副坚定不移的样子，领导同意了。

叶子到电话亭上班不久，便发现一个三十岁左右的男子，几乎在每个周末都要骑车来电话亭打一次电话。

偏偏这男子的电话是打给他在乡下某所小学的妻子的。他在电话里和她谈一周的生活，谈一周的工作，情意绵绵，像是有意要跟叶子作对，给她那颗受伤的心撒盐巴。

叶子心里那道刚刚筑起的院墙，忽地垮了。想想自己，再听着那男子打电话时亲昵的语气，听着听着，再也忍不住，泪如雨注。叶子真为那个远在乡下教书的女子感到自豪，感到幸福。

叶子在心中祈祷，希望自己将来也能遇上这样一位好男人。

她在默默祈祷中过了一年。

这一天，叶子的哥哥对叶子说："叶子，再找一个重新开始生活吧。哥哥公司有个雇员，他人挺不错的，工作也很出色，还有半个月，我们双方合同期满，这次，他是执意要走，哪天你去看看，若你看上了眼，哥去跟他说说，也许能留下他来——做你的丈夫，做我公司的副总经理。"

半个月后，叶子去了。当哥哥指着远远走来的那个人时，叶子好不吃惊。她绝没料到，那个人竟然是他——那个每个周末去她电话亭打电话的人！

叶子逃了。世界也真是太小了！

当叶子的哥哥气喘吁吁追上她时，叶子再也忍不住了。"你太自私了！"叶子好气愤，"难道你不知道他是个有妇之夫吗？"

"我知道。"哥哥说，"他妻子在一个偏僻的乡村小学教书。可是，早在两年前，就在一次意外事故中死了。"

叶子相信哥哥说的是真话，但她也相信那个男人在哥哥面前说了假话。叶子想对哥哥说说那个男人每个周末去她电话亭打电话的事，想了想，没说。

叶子的心经这次打击，彻底死了。她没见到那个男人再去她的电话亭打电话，哥哥也再没提起过那个男人。叶子的日子，又一次恢复了平静。

半年后的一个下午，叶子刚下班回来，哥哥就兴冲冲地来找她。

叶子看完哥哥拿给她的那张报纸时，风平浪静的心又一次掀起了汹涌的波涛。

"哥哥没看错人吧？以前，我只知道他为了挣钱很能吃苦，也没想到他挣钱竟然是为了在贫困的家乡盖一座像样的学校。哥哥已决定拿出五万元捐献给他修的学校。妹妹，你该咋办就咋办吧。"

哥哥说的话，叶子一句也没听进去。此时此刻，叶子心里一直在想：两年前在校舍倒塌时，为了救学生的他妻子既然已经死了，那么，那许多个周末，他为什么还在给她打电话呢？

雪　梦

　　他坚信他确实未曾见过那个女孩。可那个女孩却总是出其不意地走进他的梦里。一次两次也罢了，但他却常常在睡梦中见到她。这样，他就觉得事情有些蹊跷了。情窦初开的他预感到，这个女孩冥冥之中与他今后的生活、命运必然有某种联系。

　　梦中的那个女孩很漂亮，纯净如水的面容，楚楚动人的眸子，以及那一头瀑布般的秀发，即使在他醒着的时候，也是那么清晰地印在他的脑子里，使他时时难以忘怀。

　　于是，在以后的许多年中，他开始在生活中按图索骥地寻找那位梦中女孩。他到过许多地方，见过许多美丽的女孩。他上的那所艺术大学里，甚至就云集了全国各地各色美女，可没有一个女孩能如他梦中的女孩那般令他怦然心动。一次次梦见那个女孩，更令他一次次地失望。他知道，那个女孩也许这一生都只能待在他梦里，像画中人似的永远走不进他的现实生活中来。

　　那一年冬天，他回到乡下老家时，又梦见了那个女孩。女孩依然是那个样子，依然穿着牛仔裤和鹅黄色的羽绒服，若即若离地站在他眼前不远的地方。醒来后，他听着房外簌簌飘落着的大雪，突发奇想。第二日一早，他起床后就踏着没膝深的雪专程去了小镇一趟，买回了梦中女孩穿的牛仔裤和鹅黄色的羽绒服。之后，他背上照相机，独自一人跑到山野中，开始用雪为他那梦中的女孩塑像。他弄得极为认真，凭着他艺术高才生的天赋，凭着他对女孩刻骨铭心的记忆，整整花去了大半天工夫，他终于用雪一分不差地塑出了梦中女孩的像。他给女孩穿上了他买来的衣服，又给女孩化了妆，当他确信面前这位女孩就是他梦中的女孩之后，他拿起照相机，从不同的角度，为那女孩拍了照。

天晴了的时候，山野上用雪塑的女孩融化了。但他梦中的女孩却永远留在了照片上，简直可以以假乱真了。他在这许多的照片中挑选了最满意的一张，放大后装进镜框挂在了卧室的墙壁上。朋友们来玩，见了那张照片，忍不住总是要问那镜框里的女孩是谁，他笑笑，避而不答："你们猜？"

朋友们当然猜不着，猜不着他也不揭这个谜。

这个梦中女孩在他的卧室伴他几年后，他已到了做爸爸的年龄了。他不得不和一个现实中极为普通的女孩结了婚，婚后的生活和其他许多家庭一样平淡。只是他的妻子每当闲下来时，看着镜框里漂亮得令人嫉妒的女孩，忍不住总要问他："那个女孩是谁？"初始，妻子问他，他也是笑笑避而不答，他甚至为自己这件艺术杰作而得意。时间长了，他就说了实话："这是我用雪塑的。"妻子当然不相信。雪怎么能够塑出这般活灵活现的女子来？不相信，仍要问。他就唯唯诺诺，不知该如何是好了。妻子见他那样，心里就起了疑心，白天黑夜满脑子装的都是那镜框里女孩的形象。之后，也不知为什么，他们的小日子就开始了磕磕绊绊。再后来，他和妻子终于不明不白就离了婚。妻子临走时，挺着个大肚子，什么也没要，只是脑子里装走了镜框里那个女子的形象。

许多年后，他老了，那依然年轻的梦中女孩伴了他一生。一次下乡采风，他偶然在一个村子的小河边见到一个洗衣的女孩。初见这个女孩，他确实吓了一跳：怎么和他梦中的女孩、和他墙上镜框里的女孩长得一模一样？当他随女孩去了女孩家的时候，他更是吃了一惊。女孩那双目失明的母亲竟是他以前的结发妻子。

仓　仓

　　仓仓常对我讲起一个女孩。他说他曾经和这个女孩同床共枕了一个晚上，而彼此之间什么事也没有发生。起初我有些不相信，说这是胡编乱造的故事。但仓仓一次又一次地在我面前讲这个事时，我就有些相信了。但我对这个事的另一方面产生了怀疑。我说，干柴遇着烈火的年龄，在一张床上辗转了一夜，不会不发生点什么事的。仓仓说，这是千真万确的事，如果你遇着了这样温柔多情而又纯洁可爱的女孩，你也不会对她产生任何邪念的。

　　我就问：女孩叫什么名字？

　　仓仓说：叫凤凤。

　　于是，在以后的许多时间，我便会无端想起这个温柔多情而又纯洁可爱的叫凤凤的女孩来。现如今像凤凤这样既让人感动又让人不产生邪念的女孩真是太少了。我便产生了一种强烈的欲望，想见见这个叫凤凤的女孩。遗憾的是，我和仓仓一块儿上街的时候，却从来没遇见过凤凤。

　　仓仓说：凤凤有可能和小城里许多女孩一样去大城市打工去了。

　　后来的一天，我和仓仓上街买东西的时候，仓仓却突然指着远处公共汽车站牌下的一个女子说：那就是凤凤。我的目光从攒动的人头看过去，就看到了一个气质高雅的漂亮女孩。我说就是那个穿着黑旗袍的女孩吗？

　　少年梦·青春梦·中国梦——中国故事
　　〔芦芙荭〕　袅袅升起的炊烟

仓仓说就是的。我便拉着仓仓的手从川流不息的人群中，向凤凤走近，可是，等我们满头大汗地刚刚挤到站牌下时，凤凤却已爬上了一辆公共汽车走了。

我说：太遗憾了。

仓仓说：说不定以后天天都会遇见呢。

这时候，出了点事，仓仓因一个案子的牵扯，进了局子。

我便愈加感到孤独。我常常一个人去街上溜达，希望有一天能突然碰着凤凤。

果然就遇着了。那时那次我去一个叫凤凤的发屋理发，掌剪刀的就是凤凤。和那次我和仓仓在街上看到她站在站牌下的衣着一模一样，甚至连发型也没变。凤凤确实是一个温柔多情而又纯洁可爱的女孩，说话做事总是显示出和别的女孩的不一样来。

也就是从那天开始，我便三天两头找各种借口去凤凤发屋。这样不长时间我就和凤凤混得很熟了。我们成了无话不说的好朋友，隔三差五，我还约她一块儿看电影，或去公园散散步，凤凤都没有拒绝。

那一天，我和凤凤一块儿散步时，突然就想起了仓仓，我就想起了仓仓和我不止一次讲起关于那一夜的故事，我便问凤凤，你认识一个叫仓仓的男孩吗？

凤凤说：不认识。

我说：你仔细想想，他是你从前的朋友呢。

凤凤想了好长时间，但最终还是以肯定的口气说：她认识的朋友中，从来没有一个叫仓仓的。

银杏树

很小的时候，黑子就没见过爹，每日里娘背着他扛锄挽篮下地去干活。

黑子坐在地头，看到娘吧嗒吧嗒流着汗水，把玉米或小麦的种子种进地里，过些时日，青乎乎、绿油油的庄稼就长出来了，黑子就觉得有意思。于是，他也种，汗水也吧嗒吧嗒地流。但他种的不是小麦或玉米的种子，而是一粒粒好看的石子。石子种进地里总长不出秧苗来，他很失望。

失望中，黑子长大了些，下地干活时可以帮娘挽着篮子。篮子里没有了庄稼的种子，却满满当当装着他好多好多稀奇古怪的想法。

一个太阳很暖的天气，黑子又随娘下地干活了。他在地头上和一群伢崽玩，他们不知因什么事玩出了别扭，有伢崽就骂："黑子黑，没得爹。"黑子就哭了。黑子跑到他母亲那里，一边委屈地淌着泪，一边问："娘，我爹呢？我怎么没爹呢？"

黑子的话也许问得太突然，母亲就被他问愣住了。愣愣怔怔了好久好久，泪珠儿也一串串地淌。

"娘，你说呀，我爹呢，我怎么没爹呢？"

黑子娘就说："你爹死了。"

"死了?！那么人呢？"黑子显然不明白死是什么意思。

"死了就是埋进土里了。"

黑子想到了埋进土里的种子，想到了地里长出的绿油油、青乎乎庄稼的秧苗，"爹也会长出秧苗吗？也会长出许多许多的爹吗？"

之后，别家的孩子再和他闹了别扭，再说"黑子黑，没得爹"时，他就会露出灿烂的笑，理直气壮地说："我娘将我爹埋进了地里，等将来会有很多很多的爹长出来呀！"

伢崽们听了就笑，大人们听了就一声声叹息。

黑子夜里就常做梦，梦见地里长出了爹，梦见爹回到家里和娘说话、帮娘干活。他就拼命地喊爹。醒来时，他就看见娘一个人在茫茫的黑夜里淌眼泪。

黑子不敢再问娘关于他爹的事了。他知道，爹的种子像种进他娘心里的石子一样，永远不会发芽的。

一茬茬种子种进地里，长出了一茬茬的庄稼，又收获了一茬茬种子。黑子长大了，参军，转业，有了工作，也做了人的爹。

娘老了，死了。

那一年，转业到县文化馆工作的黑子，和着泪写了他生平的第一篇故事。故事写的是一个乡村女子救了一个游击队伤员，伤员临上前线的前一个晚上，那女子以身相许。不料在那个伤员走后的第三天，村里又开进一支国民党队伍。那女子正准备从后山上逃走时，却遇见了一位年轻的国民党士兵……

故事发表后，黑子回到了乡下，他在娘的坟前坐了好久好久。临走时，他在娘的坟前栽了一对银杏树。几年后银杏树长大了，黑子却发现，那一对银杏树都是雄株。

爱 情

还是上高中那会儿，男孩就死去活来地爱上了一个女孩。他赌咒发誓，要不择一切手段把那女孩追到手。可那女孩不知为什么，见了男孩就跟老鼠见了猫似的，总是远远地避着他。男孩是班里的学习尖子，学生们选他做学习委员，女孩什么事都可避着他，只是每天交作业是雷都打不动的。于是，每每临到女孩交作业时，男孩便找各种理由、各种借口将女孩的作业打回去，让女孩重做。

女孩坐在那做作业，男孩就坐在那儿画画。男孩很喜欢画画，得空总要画几笔，男孩的画画得很古怪，一色的是少女，一色的是长长的秀发，全都跟女孩一模一样。

其实，那时候，女孩并没有做什么作业，她只不过是虚张声势地撕掉一页白纸，然后装出一副极为认真的样子在那页白纸上乱画一气。女孩一遍遍地写着男孩的名字，写着写着，就组成了男孩的头像，好潇洒好潇洒。做完这一切，女孩便将原先做的作业拿去交给男孩，男孩一边摆出极认真看的架势，脸上露出满意的神情，一边就偷眼去看女孩。女孩脸上飞起两朵红晕，却不看他，噘着樱桃小嘴，仰着脸，目光专注地盯着天花板的一处，男孩的目光盯着作业本上，嘴上说的却不是作业。

男孩说：昨天早上发作业时，我给你作业本里夹的那只小船，你拆开看了吗？

女孩说：我把它放到学校门前的小河了，让它漂走了。

男孩说：你没看？

女孩说：我觉得没有看的必要。

男孩说：我想，有一天你是会觉得这很有必要看的，你几时不看，我就叠到几时，每天我给你送一只。

女孩心想男孩是在同她说着玩，眼见着要毕业了，男孩不会把心思花在这上面的。没想到从那天开始，男孩果真每天都在女孩的作业本里夹一只叠得非常精致、非常漂亮的小船。女孩便有些为难了。她已明白，男孩为了她，学习已在节节败退。如果长此以往下去，彼此都会受影响的。就在交作业时，她对男孩说：你若再这样闹下去，我就不客气了！

男孩说：随便！

女孩果真就从书包里掏出了一只只精致的小船，当着男孩的面撕了。男孩就像在数九寒天被人当头泼了一瓢冷水似的。他望着女孩那副绝情的样子，狠狠地说：你记着，我要用事实来证明，今生今世你拒绝了我是极大的错误，总有一天当我站在你面前时，你会感到后悔的。

男孩果真不再往女孩的作业本里夹小船了，直到他们高中毕业。

那一年，高考制度恢复时，男孩考上了大学。大学毕业，男孩留在了城里，有了一个很理想的工作，也有了一个幸福美满的家庭。后来，几经周折，在仕途上也一帆风顺，成了单位的小头目。虽然一转眼几十年的工夫过去了，但他脑子里还时时响起女孩撕碎那一只只小船的声音，这声音像一块心病一样时时折磨着他。

许多年后，男孩终于有机会回到了生他养他的故乡。他沿着儿时学校门前的那条小河溯河而上，终于打听到了记忆中女孩的住址。

他迈着有些老态却有些春风得意的步子，一步步走近那小桥流水旁的乡村小院时，忽然被眼前的一幅画般的情景怔住了：小院门前小溪旁的一棵桂花树下的石桌旁，一个富态的老太太，正在那里给她的大约只有四岁的小孙子，折着一只只的小纸船。小孙子一边将小纸船朝小溪里放，一边问：奶奶，你说这小船真的能游到你说的那个爷爷那里去吗？

老太太望着那在水中颠簸的小船说：能，一定能！

故　事

　　那个故事，是男孩在一次和朋友聚会时，听别人讲的。

　　那时候，男孩居住的这个城市正处在夏天，男孩的厂子停产放长假。每天，男孩除了写点文章赚点稿费外，大部分时间都无所事事。男孩便骑着单车去郊游，去遛公园，去游泳。偶尔也和朋友们去茶社或小酒吧小聚一次。

　　男孩就是在这时认识女孩的。

　　女孩很别致，无论是衣着外貌或是言谈举止都挺出众。

　　男孩知道自己目下的处境，他明白和这样的女孩只能做朋友而不可能谈恋爱。但女孩似乎并不在乎男孩的地位和处境，她一任自己的情感暴风骤雨似的向男孩泼去。男孩就不由自主地失去了理智。

　　"和这样的女孩相爱，你不神魂颠倒才怪呢！"后来，男孩常常对朋友们这样说。

　　那段时间，男孩和女孩如同开足了马力的车似的，不消多长时间，彼此就将爱送上了巅峰。他们几乎像电影里的那些不食人间烟火的红男绿女，在公园的花丛间，在旷野的丛林里，甚至在沙滩上抑或随便选个背人眼目的地方，都可以如胶似漆地爱得死去活来。

　　后来的一天，男孩和女孩在他的宿舍里正相拥长吻时，男孩突然之间就想起了那个故事，想起了那个被他遗忘了好久的故事。男孩在那一刻不知怎的就产生了一种把这故事讲给女孩听的欲望。

男孩就讲了。

男孩说，从前，有一个女孩到了待嫁的年龄。村东有一青年，家有良田万顷，只是这青年长得又呆又傻；而村西有一青年，一表人才却家境贫寒。女孩同时喜欢上了两个人。一天，女孩的母亲问女孩到底喜欢哪一家，女孩迷茫着双眼，却不知作何选择。女孩的母亲说，你若喜欢东头那家，就伸出右手；若喜欢西头那家，就伸出左手。女孩想了想却同时把左右手都伸了出来。

男孩讲完这个故事，以为女孩会好奇地问他后来的结果，没想到女孩却哭了。女孩像做错了什么事似的哭得很伤心。男孩就有点手足无措，他不知道自己因什么伤害了女孩。他伸出手想为女孩擦去脸上的泪水，却听见女孩突然说道："原谅我吧，我不是有意要骗你，我是真的爱你。"

听了这话，男孩愣怔了一下，仅仅是愣怔了一下，紧接着就听到"砰"的一声响。等他回过神时，女孩已悄然离去了。他看到的是那扇刚刚在女孩背后关闭的门。

公开的情书

　　瓦每天都要去一趟邮电所，如同日出日落一样，很准时的。在这个偏僻的小镇上，瓦是个很了不起的人物，连同脚跺一跺小镇就得晃三晃的镇长也得高眼看他呢。

　　瓦是小镇中学的语文老师，人长得很一般，书也教得很一般。为人处世迂腐呆板，不善辞令，可瓦却能写文章。虽说每隔三月五月，人们方会在省市报上读到他写的豆腐块文章，但在大家的眼里，瓦是个何等了得的人物！

　　瓦日日去邮电所，一是想看看当日的报纸；二呢，是将新近写的文章寄出去，顺便再看看以前投出去的稿子是否有了回音。

　　当然，瓦每日去邮电所，还有一个更重要的、不可告人的秘密，那就是他看上了所上刚刚从邮电学校分配来的那个小妞。小妞叫姣，人长得很标致。瓦每次去了，姣总是从繁忙中抬起头来，对他表示善意的一笑。瓦觉得那笑很有意味，像那雨后天晴的太阳一样灿烂。瓦的心就被那笑一次次打动了。再来时，瓦等姣灿烂地笑过之后，就无话找话地与姣搭讪几句。

　　瓦说："在你们这单位真好！每日的报纸、刊物都是你们先看。"

　　"是吗？"姣说这话时，目光便偷偷探过来看一眼瓦的脸。

瓦就再无话可说了，拿了报纸做了贼似的匆匆逃脱。

瓦再来，仍就是说那一句话。说过几回，瓦就觉得再这样说就没有多大意思，他便挖空心思想把话往深处说。但每天上班时间，来来往往的人很多。瓦就想：现如今的女孩脾性古怪，当了许多人的面说其他的话，弄不好碰钉子，那就更没意思了。瓦也曾想过，等下午或其他时间找姣聊聊。可去过一次两次，发现姣的房间里总有三个五个的男孩捷足先登。那些男孩在姣的面前很随便，嬉皮笑脸地说话，朗声地笑，响亮地唾痰，眼睛蚊子似的在姣身上飞上飞下。瓦就感到自卑和猥琐。瓦就待不下去了。

又一回，瓦去取报取信，姣喊住了他，说有他一张汇款单。

"又是稿费了。你真了不起呢！"姣两眼放射出一种羡慕的光，温柔得很。姣将汇款单要递给瓦时，忽然就缩了回去："这次你得请我的客呢。"

瓦听了这话，当下心里高兴得如同喝了蜜。转天下午，瓦果真在小镇餐馆里请了一桌。瓦本想只请姣一个人，却又怕别人眼里搁不住，就同请了学校几位老师。

瓦与姣有了这次交往，按说彼此更加亲近了，可恰恰相反。以后再去邮电所，心里越发紧张、不自在。瓦心里很矛盾，他既想早些让姣知道他的心思，却又怕这层窗纸被捅破，夫妻不成，反把友情也给搭进去。

瓦想来想去，便写了一封感情真挚而言语缠绵的求爱信，瓦却没有这个勇气当面将这信交给姣。等礼拜天回到城里，写了城里家的地址把信寄出去。

瓦把信寄出去，人却再没去取过报纸信件。他暗自算计着日子，转眼一个月过去，却没见姣的回音。这其间他又抱着"豁出去了"的态度给姣写过两封情书，均如泥牛入海。瓦心里就灰灰地感到了有些后悔和失望。

忽一日，瓦就收到了市报社寄来的样报。他急忙翻开报纸，在副刊头条位置，看到了他写给姣的三封情书。那信的题头连同姣的名字都没变，很刺眼。瓦很着急，因为当天小镇上的人都纷纷传闻了他发表的情书，而且各种议论纷纷传播开来。

这天晚上，瓦就气冲冲地敲响了姣的门。

　　瓦这一头撞进了姣的门，直到第二天一早才出来。瓦出来时，脸上就有了兴奋的光。

　　从此，小镇上的男孩再不去姣那儿玩了。

心　镜

　　阿芳是那种叫人看一眼，便会生出很多念想，永远忘不掉的女孩。

　　自从阿芳坐到我的办公桌对面，我就常常想象着我和阿芳之间发生了种种美妙的事。然而，阿芳太美了，美得令人不敢正面看她。因此，每天上班，只要阿芳的脚步响进门，我就会气短心虚，脖耳也似乎得了软骨病，无论怎样努力，也支棱不起来。

　　不知是女孩爱照镜的缘故，抑或是有意要让我难堪。她明明看出了我的这种虚怯，却偏偏在她身后的墙壁上悬一面大大的镜子。那镜子是"心"形的，造型很别致、很好看。可这美的镜子对于我来说，就是一种残酷的惩罚了。我这人长得很丑，丑得平时连照镜子的勇气都没有。现在，不仅一张丑脸变成明晃晃的两张，而且时时还要直面丑人看丑人的尴尬。许多时候，我只好将目光丢在窗外，去看那田畴上的远山绿水，去看那蓝天上的飞鸟游云。

　　可是，美人儿总是令人悦目，总是很有诱惑力的，常常我就不能自禁，想抬头去偷偷看阿芳几眼。

　　有一天，当我正抬起头，想偷偷去看阿芳时，我被一副令人惨不忍睹的画面惊呆了。

　　那时候，阿芳正背靠着墙壁，我看到她那张洋溢着春阳般的笑脸，刚好与那面镜子平行。镜中我那张惨不忍睹的脸与她那张靠在墙上秀美的粉脸，在墙面上形成了强烈的反差。

这样过了几日之后，我实在有些忍耐不住了。有一天，我终于鼓起勇气说："阿芳，拿掉那面镜子吧？"阿芳笑笑地望着我，说："为什么？"

"我不习惯这样。"

"如果每天你坚持多看几眼，不仅会习惯，而且，你还会发现新大陆呢。"阿芳说着，那双望着我的大眼涌现出了许多希望。

那面镜子终究没有拿掉，依旧很刺眼地悬在对面的墙上。也许我的好奇心在作祟，以后的日子，我每天都忍不住要去看那令人尴尬、令人难堪的画面几眼。

说来也奇怪，慢慢地，我真的习惯了，并且真的从那里发现了新内容。

首先我发现的是，阿芳不再像以前那样着意去修饰自己了。她不再打胭脂画眉描口红，还原了一张素面；不再三天两头地变换那发型，一任那头美发自然披于肩上。

接着，我又发现，阿芳那张好看的脸，原来也是有瑕疵的。那白嫩的脸上竟然隐隐可见一粒粒的雀斑。那口白白的米牙原来也参差不齐，特别是那双水汪汪的大眼，竟然一只大一只小！同时，我也发现，我那张丑脸也是有许多动人之处的。我的一双眼小是小，可小得机智；上翘的鼻子，挺风趣挺幽默。

等我发现了这一切之后，我也发现我不知从什么时候起，对自己、对现实、对一切都有了信心。我不再终日低着头，我发现我说话的声音比以前高了，笑声也比以前爽朗了许多。

那面镜子随时随地都在我心中，我离不开那面镜子了。

常常晚上无事可做，我就去办公室里。我独自一人坐在办公桌前，面对那心形的镜子，望着出神。

这天晚上，正当我坐在办公室里又对镜独思时，办公室的门突然开了。

进来的是阿芳。

阿芳在我的对面坐下来，将一本印刷精美的杂志推到了我的面前。

我弄不明白阿芳葫芦里又卖什么新药，然而，当我打开杂志时，我又一次惊呆了。那个曾令我尴尬、曾令我激动的画面，又一次跳入我的眼帘。原来，我这张丑脸和阿芳那张笑脸放在一块时，竟是那么和谐。我发现大美是一种美，大丑其实也是一种美。

这个晚上，我第一次在阿芳面前哭了，我好激动。

两个月后，我这张照片在全国摄影大赛中获得金奖。

拍摄这张照片的作者是阿芳。

半年后，我结婚了。这张照片作为我的结婚照一直挂在我的床头。

小　满

　　前几天，不知怎么的突然之间就想起了小满来。十年前，那个让鹤城许多男人夜夜都躺在床上胡思乱想过、又让许多男人为之遗憾过的小满，就像早上的一缕阳光，一闪，就挤进了我的脑子里。

　　我满脑子都是一种亮堂堂的感觉。

　　第一次见到小满，是在春天的一个早上。小满推着一辆童车，童车的上面插满了花花绿绿的风车。正是春暖花开的季节，小满推着童车呼呼隆隆地走在绿树掩映的鹤城老街上，就仿佛是一幅画。

　　童车里面坐着的是一个大约有半岁多的小孩，小满一边走着，一边逗着那小孩，小孩就像一只雏鸡一样，被小满逗得嘎嘎地笑着。我看着小满推着那辆童车一路走到了一个早餐摊前，她要了一碗豆浆，两根油条，坐在那里开始给那小孩喂了起来。

　　那时，我刚到鹤城时间不长，关于小满的许多事我并不知道。小满看起来也不过是刚刚十八九岁的样子，她走路有时还一蹦一跳的，浑身上下都充满着少女蓬勃的气息。我想，她不过是带着她的弟弟或者是她的侄子，也或许根本就是她邻家的孩子。我甚至在走过她的身边时，还故意挑逗性地吹起了口哨。那时，在鹤城男孩子中间最流行的就是吹口哨了，男孩子如果觉得哪个女孩儿漂亮了，想引起她对自己的注意，从她身边走过时，就会吹一吹口哨。那样子很有些可笑，好像是一只公狗见了母狗就摇尾巴一样。

我的口哨并没有引起小满的注意，倒是那个坐在童车上的小孩儿听了我的口哨声，对着我咯咯咯地笑了起来，样子很是可爱。

太阳刚刚出来，我踩着小满拖在地上那长长的影子说，嗨！你的弟弟长得真可爱！

小满没有理我，她放下碗，推起童车头也不回地匆匆走了。

后来，我才知道，那个小孩儿并不是小满的弟弟，也不是她的侄子，更不是她邻家的孩子，他竟然是小满自己的儿子。

小满年纪轻轻就生了儿子，这让我没有意料到，好奇心让我极力想知道，这么一朵鲜花会开在怎样一堆牛粪上。我开始在我熟识的人中间打听她的丈夫。被问的人听我打听这事，都用奇怪地眼睛看着我说，连小满她自己都不知道的事，你问我？告诉你吧，小满也在找呢，你没看见她一天一天地往派出所跑吗？

派出所在鹤城东背街的一条老巷子里。

我看见，小满果然是隔个一天两天的就要推着她的儿子去派出所一趟。

小满把童车就放在派出所门外的那个铁匠铺的老柳树下，她进了派出所什么也不说，就那么一言不发地坐在老所长的对面，坐得老所长心里一阵一阵地发毛。老所长有些无奈，他堆着一脸的笑对小满说，小满呀，我们比你还急呀，你就别一趟一趟地跑了，我们逮住那家伙了就立马通知你。

小满什么也不说，她擦着脸上的泪，转身就走出派出所。

小满走出派出所的大门了，听见站在派出所院子里的老所长还在那里叹息：小满这孩子，当初要是听人劝将这孩子做掉了，事情过去了也就过去了！

小满走向铁匠铺，远远就看见微风将童车上的风车吹得呼啦啦地转。她的儿子正兴高采烈地坐在老柳树下的童车上，看着老铁匠和小铁匠将一块烧红了的铁敲打出一片星光。

老铁匠和小铁匠父子俩是四川人，鹤城人将他们叫四川蹴子。他们说话总是把腔调拖得长长的。好像是春天小河里的小蝌蚪，尾巴一甩一甩的。

小铁匠和小满差不多年纪，他看见小满来了，那柄握在他手里的铁锤仿佛就不听使唤了似的，时不时地就抡了空。那好听的叮当声就乱了套，就没有了节奏感。

小满坐在老柳树下，就听老铁匠有些生气地说，你走么子神哟，差点砸了老子的脑壳！

日子在叮当叮当的节奏声中，就这么一天一天地过去了。小满再去派出所时，我们看见她不再用童车了，她的儿子可以在铁匠铺里到处跑了，她的儿子会说扁担长板凳短了。老铁匠和小铁匠对小满的儿子很好，小满去派出所时，他们干脆就停下手里的活哄着小满的儿子玩。老铁匠见了小满就说，小满，赶明儿我给你打把刀，等哪一天派出所将那人抓住了，咱拿刀捅死他！小满听了这话，只是笑笑。

又一个春天到来时，小满的儿子突然大病了一场，小铁匠帮着小满将她的儿子送到了医院里，小满的儿子高烧不退，医生说这孩子怕是保不住了，我们还没见过怎么用药都退不了烧的。小满就跪在医生的面前求医生再想想办法。那些天，小铁匠几乎一刻不离地和小满一块儿守着那孩子。

也许是小满的真情感动了上天，第七天，小满的儿子终于醒了过来。当小满的儿子喊着妈妈说，他要吃饭时，在场的人几乎都惊呆了。小满儿子那一口地道的鹤城方言竟然变成了正宗的和小铁匠一模一样的四川话了。

这事很快就在鹤城的大街小巷中传开了，而且越传越神。

小满没事时，依然带着她的儿子到铁匠铺里看小铁匠和老铁匠打铁，小满从心底里感激着小铁匠，她看着她的儿子用一口的四川话和小铁匠说着话时，心里有一种说不出的欢喜。

可是，这种欢喜的日子就像是兔子的尾巴，是那样地短暂。一件意想不到的事发生了。

那天，派出所的老所长带着几个警察来到了铁匠铺，他们什么话也没有说，就用铐子铐走了小铁匠。

很快传出话来，小铁匠就是当年糟蹋小满的那个人。我们鹤城派出所一向断案很糟糕的老所长，这一次突然大胆地从小满儿子的口音上找出了线索，并没有费多少事，小铁匠就承认了事实。

那天，鹤城的人几乎都将目光集中在了小满的身上，当她带着儿子进了派出所，人们都认为，小满用了五年时间总算找到了凶手，她一定会将他千刀万剐的。没想到她见了老所长一下子就跪在了他的面前，小满说，老所长，求求你放了小铁匠吧，事情都过去了这么多年了，我也不想送他进去了，我只想给我的儿子一个完整的家。

最美的风景

　　2006 年秋天，我随一家旅行社去了趟云南。按照旅行社的路线，我们先去了石林，再去古城大理，之后又从大理到丽江。泸沽湖是我们这次旅行的最后一站。

　　导游是个女孩，长得娇小可爱。车一上路，她就开始给大家介绍泸沽湖的风景如何如何地美，教大家唱当地的民歌。当她讲到当地的走婚习俗时，一车的人都兴奋了起来，特别是男人们，个个都摩拳擦掌，好像走的是他的婚一样。

　　泸沽湖果然如导游讲的那样，非常的秀美，虽然我没有被走婚，但那里的风景足以让我流连忘返。

　　临返回的前一天晚上，导游带我们去吃烧烤，几百人的场地，大家对起了歌。熟悉的和不熟悉的都举杯欢舞。那场面至今都让人难以忘怀。

　　几乎所有的人都想在那里多待上几天。

　　返程时，车刚刚走到半山腰，导游便让司机将车停了下来。她说，这里是看泸沽湖全景的最好地段，她让大家下车去那里拍照留念。

　　我们下了车，立即去争抢有利的拍摄位置。

　　就在这时，突然之间，从旁边的树林里一下子涌来了十几个孩子，他们每个人的手上都提着几兜苹果。

苹果是用网兜装着的，红红地露在了外面。每个袋里只装了四只苹果。这些孩子们显然是有经营经验的，他们每个人奔一个游客而去，开始兜售手里的苹果。也许大家都是刚吃过饭的缘故，也或许大家对这样的场景已司空见惯了，没有一个人予以理睬。

孩子们都显得有些失落。

来到我面前的是个女孩，七八岁的样子，她的衣服虽然破旧，但脸洗得很干净，头发也梳得很顺畅。

女孩说，叔叔，买一袋苹果吧。女孩不像其他的孩子那样死缠烂打。她只是举着手里的苹果，满眼渴望地看着我。女孩的眼睛很清澈，和泸沽湖的水一样。

我说，多少钱一袋？

女孩说，三元。

我有意想逗逗这个可爱的孩子，说，四只苹果就三元钱，太贵了。

我的话似乎让女孩看到了希望，她连忙说，这是我刚从树上摘下来的，你要是嫌贵的话，给两块五吧。

我几乎找不出拒绝的理由。我从兜里掏出钱，数了两块五给了女孩，然后接过了那袋苹果。

就在这时，其他的孩子一下子都涌到了我的面前，他们举着手里的苹果袋，嚷嚷着让我也买他们的苹果。我被孩子们围在了中间无法脱身。我只好说，对不起呀，我不可能要这么多的苹果的。再说，我身上也没零钱了。然后拼了命地从孩子们的包围圈里挤了出来。

刚走了几步，听见身后传来咚咚的脚步声，我回过头，一个小男孩已跑到了我的身边。男孩对着我诡秘地一笑，说，叔叔，我刚看见了，你身上还有零钱呢！

这真是个精灵鬼！

我怕其他孩子再涌上来纠缠，赶紧从兜里掏出两元五角钱扔给了那个小男孩，接过他手里的苹果，向车前奔去。这时，其他人都已上车了。

真是怕什么来什么。我的前脚刚踏上车门，那群小孩子就追了过来。

我让司机赶紧关车门。司机的手脚真麻利，就在那群孩子涌到车门前时，车门咣的一声关上了。

我长长地舒了一口气。

车要启动了。却见那群孩子一下子涌到了车的前面，挡住了车的去路。女导游看见这阵势，火气一下子蹿了上来，她说，真丢人！就让司机打开车门，准备下去收拾这些孩子。这时，一只手小从车前的玻璃上伸了出来。我们看见那只小手上紧紧地攥着一张五十元钱在车玻璃上一晃一晃的。

叔叔，你的钱掉了。

也许是小孩太矮，他的头在车玻璃上一冒一冒的。

我们看不见他的嘴，却听见了他的声音。

我觉得我的心好像被人揪了一下。我想无论如何，我要将孩子们手里的苹果都买了。

我下了车。车上所有的人也都涌下了车。

还没等我下手，孩子们手里的苹果就被抢购一空。

享 福

太阳很暖和。

权叔刚在门前的大青石上坐下，老蔫就一摇一晃地来了。

老蔫把身子往大青石上一靠，也不说话，就眯起眼来开始晒太阳。

一个时辰过去，两个人身上都暖和起来了。

权叔说，开始吧。

老蔫睁开眼，说，开始就开始。

两个人忙着翻开衣领，开始在上面寻找。果然就发现几只肥硕的虱子顺着衣领爬了出来。

青石上早就画好了两条线：一条是起点，一条是终点。权叔和老蔫各自挑只虱子放在了起点线上。

一声令下，两只虱子就开始奔跑了起来。

权叔和老蔫没事时，就会赛虱。胜负对他们来说，并不重要，他们只是想用这种方式来打发无聊的时光。

这一次，权叔的虱子打败了老蔫的那只。权叔高兴得嘿嘿直笑。他把那只虱子放在手心攥了半天，才小心翼翼地放回到身上。

老蔫的那只虱子虽然跑输了，但他还是像权叔一样，小心翼翼把它放回到了身上。

老蔫又从衣领上挑了一只虱子，这只虱子的个头显然要比刚才的那只肥大一些，他对权叔说，再比一回吧。村长说，过完年就要送你去敬老院呢。

权叔说，村长不要我了，村子不要我了，难道你这个老家伙也不要我了？

老蔫说，是让你去享福呢。哼，我要是没得儿子呀，也想去。

权叔说，喊，我才不稀罕呢。再说了，你那儿子，也叫儿子？

这话说到了老蔫的痛处，老蔫的儿子上完大学，就很少回来，老伴一死，就一个人了。和权叔没两样。

过完了年，权叔真的就被村长送到敬老院。

权叔不想去，可没办法。

权叔到敬老院的第一天，管理员领他去洗澡，他不洗。给他领来了新衣服，他也不换。管理员只好采取强硬的办法，给他洗了澡，理了发，并把新衣服给他换上。

那旧衣服没什么用途了，管理员要扔，权叔死死抱着，就是不丢手。最终，那身旧衣服留了下来。他把它压在了枕头下面。

敬老院的被褥都是新的。可权叔躺在这软软和和的被子里，怎么也睡不着。他觉得心里空落落的。

第二天晚上，等同室的老头睡了，权叔悄悄把旧衣服穿上。再躺在床上，立马感觉到了有肉肉的东西在身上爬动，心一下子就踏实了。

过了几天，同室的老头就向管理员反映，说房子里发现了虱子。管理员跑来一看，果然在被子上捉到了几只肥硕的虱子。根源自然很快就找到了。权叔的旧衣服被拿走了。管理员说，明明知道衣服上有虱子，还留着。

权叔说，这过日子怎么能没有虱子呢？

房间所有被褥都被重新清洗了一次，又用开水烫过。权叔的旧衣服也被拿到野外用火烧了。烧衣服的那天，权叔站在那急得直搓手，他说，可惜了，可惜了，这回真的把我身上的虱子弄断种了！

之后，权叔开始一夜一夜的失眠。晚上躺在床上，夜就跟死了一样的寂静。

权叔开始吃安眠药了。管理员每天晚上发给他一粒，可这还是不能抵挡他的失眠。

秋天的一个早上，管理员在例行检查时，发现权叔不见了。

敬老院所有人出动，还是没能找到。院长给村长打电话，问他权叔是不是回村里了。

村长赶紧去权叔老房子找，门是锁着的。村长这才想起，权叔家的钥匙还在他家放着呢。

村长想到了老蔫，权叔在村里时，总是和老蔫在一起的，就去老蔫家。

那时，老蔫正拢着双手，把身子靠在泥墙上打盹。太阳很暖和，老蔫的神情看起来是那样的舒坦。村长走到他的身边了，他还没一点觉察。

村长喊，老蔫叔，老蔫叔！

老蔫抬起头，一脸的茫然，好像还没从梦中醒过来一样。等他认清了面前站着的是村长，嘴角才扯起一缕笑。

村长说，看见权叔没？他从敬老院跑了。

老蔫一听村长说权叔，就嘿嘿地笑了起来。老蔫笑起来时，脸上的皱纹全挤在了一起，老蔫说，我刚才做梦时还见到了这个老家伙呢，你说他来找我干什么？他竟然来问我借虱子呢，我不借，他竟然动起了手，从我的身上抢去了十只虱子，就走了。这个老家伙！

自从权叔去敬老院之后，老蔫好像一下子就老了许多，精神也大不如以前，没事了就一个人坐在门前晒太阳，说些颠三倒四的话。

村长说，我不是说梦，我是问你真的见到他人没呢。

老蔫说，他真的是问我借虱子呢。

村长无奈地笑了笑，摇着头走了。

最终，村长是在权叔房后找到权叔的。那时，权叔正躺在草丛里晒太阳，这一次，权叔睡的真是香，远远的，村长就听见了他那呼呼噜噜的鼾声。

村长说，这权叔呀，真是不会享福！

失踪者

团子失踪了。

那些天，我们村子的人几乎全都出动了，大凡能想到的地方——河里、山上都一一找过，也没能找到哪怕一丁点与团子相关的蛛丝马迹的信息。

团子十二岁了，一个十二岁的孩子，怎么说不见就不见了呢？就是一片树叶，落到水里也会荡起几圈涟漪的。而团子，仿佛黑夜里天空里的一团云，就这样静悄悄的，说不见就不见了。

团子的母亲见天就坐在自家门前的石头上哭呀哭。而团子的父亲，天天晚上都虚掩着门，谁家的狗要是叫一声，他就会咚咚咚地跑出门来，张望一番。一夜一夜的。

团子的父亲一直相信他的儿子还活在这个世界上，只是一时迷失了回家的路。他还在我们去镇子读书的路上、我们经常歇脚玩耍的地方藏了吃的东西，他对我们说，团子要是回来了，走到那儿饿了，就可以打打尖，垫吧垫吧肚子。

那些吃食放在那儿一直发了霉，我们也没动过。

有一阵，和团子关系最要好的大下巴总是说，他看见团子回来了。他说团子对他说，有个很好玩的地方，那里不用上学，不用考试，也不用挨父母的打，天天想怎么玩就怎么玩。团子让大下巴跟他一起去那个地方，可大下巴以为那是团子死了后的鬼魂，说什么也不愿跟他一起走。然后，团子转身就走了。

大家说，那是大下巴在做梦，是他太想念团子了。

这让大下巴的爹很害怕。他还专门请来了巫婆来给儿子收了魂。天天晚上，一到天黑，大下巴的娘就会跑到村口的路上为大下巴叫魂：

大下巴，回来没？

回来了。

大下巴，回家没？

回来了。

团子是夏天失踪的。那时，漫山遍野，草木葱茏。等到了秋天，树叶开始一片一片地从树上落下来，人们对团子的记忆也一片一片地落去。团子的母亲也不再为团子的失踪而哭泣了。一到天黑，团子的父亲就早早地关了门，团子的父母还都年轻，他们要抓紧时间，再给团子造个弟弟出来。团子带走了他们的希望，但他们得活下去，要活下去，他们就得再给自己弄出一点新的希望。

有一天，一个村里人去镇上回来的途中，突然听到了一声鸟叫。他抬头向一棵树上望去，那光秃秃的树上没有鸟，却挂着一只书包。那书包挂得很高，要不是冬天，要不是树上的叶子落光了，谁也发现不了。那人爬上树，用一根树枝挑下书包。

书包被日晒雨淋，有些发白了，可里面的书上还隐隐能看得清上面的字迹。那上面写着团子的名字。还有两张考试的试卷，一张是语文，老师用红笔打的是 30 分，一张是数学试卷，是 21 分。

那人把团子的书包给团子的父母送去。团子的母亲挺着大大的肚子，那泪哗哗地淌，却没有哭出声。

第二年春夏之交，团子的母亲产下了一个男孩，样子颇有些像团子。团子的爹高兴得几天都没合拢嘴。

团子的父亲找到村里的老猎人，请他上山去给他打一点野味回来，他要等儿子满月了，请村子里的人好好地庆贺一下。他失去了一个儿子，又得了一个儿子，这也算得上是大喜。

老猎人在山上转了两天都没有打到猎物。他甚至连一只兔子都没打着。

第三天黄昏，老猎人还是空手而归。不过这一次，他的神情却有些异常。他见到团子的爹，脚手都在发抖，说话也是磕磕绊绊的。

团子的爹问他怎么了。他说，他在山上打猎时，看见了团子。

团子的爹不信，村里所有人也都不信。说老猎人是人老了，眼花了。团子都失踪一年了，怎么会在山上呢。况且，这山的沟沟岔岔团子从小就跑了个遍，他要是在山上怎么不回家呢？

老猎人说，是真的，他看见团子是和一群猴子在一起的，玩得可开心了。他还说团子能和猴子一样在树上跳来跳去的呢。

第二天，团子的父亲，还有村子里的男人们在老猎人的带领下来到山上。

他们在一个山清水秀的地方果然看见了一群猴子。那些猴子或爬在树枝上采果子，或吊在树梢上荡秋千，或在花丛中相互嬉戏，个个玩得兴致勃勃。

终于，他们看见了团子。是的，就是团子。只见他依偎在一只老猴子的身上，闭着眼懒洋洋地晒着太阳呢。

团子爹再也忍不住了，他大声地叫了一声：团子。其他人也跟着喊了一声团子。

团子听见他们的喊声，抬起头向他们看来。当他看见他的父亲和村里人时，竟然惊恐地躲藏到了老猴子的身后。

其他的猴子也听到了他们的喊声。他们龇着牙警惕地看着村里人。

几秒钟之后，只听一声尖叫，只一眨眼工夫，团子和猴子都一下子消失了。

村里人在那守了许多天，再也没见到过猴子，也没见到团子。

这一次，团子彻底失踪了。

一个人，一头牛

　　黄昏是老人一天最高兴的时候，老人将做好的饭菜端到场院的石桌上，开始了他的晚餐。饭菜很简单：一盘青椒土豆丝，一盘腊肉炒胡萝卜片，还有老坛腌制的酸菜，是用一只碗装着的。却有酒。有了酒，这日子就有滋有味了。

　　两只鸡不知为了争食什么东西，竟然在院子的那头厮打了起来，嘎嘎嘎的叫声把空气都撕扯成一缕一缕的了。一头老黄牛，就卧在老人的饭桌旁，老人斟一杯酒，自己喝了，再斟一杯举到老黄牛的鼻子前，说，伙计，再干一杯吧，老黄牛竟然张了嘴将酒喝了下去。

　　自从村子里的人陆续搬走后，老人就开始把这只老黄牛当成酒友了。刚开始，老人把酒杯举到老黄牛的嘴边时，老黄牛还忸忸怩怩地，不愿喝呢。没想到，过了些时日，这老黄牛竟也有了酒瘾。有一次，喝着喝着，老人醉了，老黄牛也醉了，人和牛竟然都躺在地上，半天都爬不起来。

　　村子里的搬迁，从前两年就开始了，陆陆续续的。到了去年年底，就都搬完了。只剩下老人一个人了。老人才不愿搬呢。这地方除了离河川远点，哪儿就差了？再说，人长腿不就是为了走路的么。出门就坐车，还要这腿干什么？

　　儿子刚搬走时，老人就去河川的新房看了。房子是楼房，一排连着一排，青砖红瓦，又高又大。房子也很亮堂，可除了房子，连个种菜的地方都没有。出门尿泡尿，一不小心就浇到了别人的地界上了。住这样的房子吃什么喝什么？别人都笑他，说，那米呀面呀想买多少有多少，出了门就有菜市场，还操心没有菜吃。

但任凭你说一千道一万，老人就是不搬。

村里的人都搬走了，地就空闲了。老人却没闲着。春天的时候，他和那只老黄牛将那些地，一遍一遍地犁了，再把种子一粒粒撒到地里，他还给那一块块地插上了篱笆，什么也不防，也没什么好防的。只是为了好看。下过一场雨，秧苗就从泥土里探出了绿乎乎的头。老人站在地里，就像一棵挺拔的玉米。

> 远望乖姐矮坨坨，
> 身上背个瘪挎箩。
> 一来上山打猪草。
> 二来上山会情哥，
> 会见了情哥有话说。

老人唱着山歌，就又想起了以前村子里的日子。

那时候，真好呀，一到春忙时节，地里到处都是欢声笑语。男人们赶着牛耕地，女人们则跟在牛的屁股后面撒种。还有那一缕缕炊烟，就像老人的呼唤声，当你刚刚觉得累了饿了时，就会从烟囱里袅袅升起来。

这才是日子呀，到处都是烟火气。

可这一切，都成了一种记忆，它们都随着村里人一块搬走了。现在呀，一个人和一头牛，就是闹翻天，也是冷清清的。

地里的庄稼长到半人高时，老人去了一趟河川。他是去买花肥，顺便看看儿子和孙子。

自搬到新房后，儿子就开始到处跑着给人打工，有时十天半月也不着家。儿媳妇呢，穿上了红马夹，给人扫马路，一月 800 块钱，先前那空落落的新房，现在到处都堆着儿媳妇扫路时拾来的纸壳和矿泉水瓶子。先前呀，屋子里到处都是粮食的气息：房檐上挂着的是金灿灿的玉米，山墙上挂着的是红艳艳的辣椒，灶头上那一排排的腊肉，看一眼都让人嘴馋。可现在呢，满屋子里除了半袋米和半袋面要死不活的蹲在角落里，全都是破烂了。最让人不省心的还是那孙子，原先是多么听话的孩子呀，现在为了上网竟然开始逃学了。

老人没见到儿子，也没见到孙子，倒是见到了老邻居吴婶。吴婶在床上躺了有半个多月了，为了想在屋后的那块屁大一块地方种点葱，竟和人家动起了手。吴婶见到老人，拉着他的手，竟然哭了。吴婶说，真是丢死人了，要是以前，那点儿地我是看都懒得看的，现在为了争它，竟然和人动起了手。

老人说，等好了还是搬回去吧，有自己的地种着，有粮食在柜子里装着，过起日子来，心里踏实。

这话说得吴婶的泪又稀里哗啦地流了半天。

这一次，老人回到家里，心里久久都平静不下来。

又下过一场雨。缠绕在篱笆上的野草竟然就开花了。那花开得是那样的热闹，像是要为即将到来的丰收举行庆典。

老人多么希望儿子孙子和邻居们能回来呀，回来看看这些花，看看地里的庄稼。

每天黄昏，老人就会拉着他的那头老黄牛站在回村的路口上。人，站着。牛，卧着。他们就那样一起看着夕阳一点点地落下山去。

袅袅升起的炊烟

炊烟升起的时候，我们喜欢坐在村子对面的河堤上数烟囱。

一个烟囱一缕炊烟，一缕炊烟就是一户人家。

烟囱也好像是和我们捉迷藏似的，夏天，我们数来数去，只有十八个。到了冬天，烟囱无端地就会多出两个，变成了二十个。那两个烟囱在夏天时，被茂密的树叶遮住了。到了冬天，树叶落了，烟囱才探头探脑地冒了出来。

大下巴的家就是在一片树林的后面。他家的烟囱被茂密的树林严严实实地遮了一个夏天。

大下巴家的烟囱有些特别。村子里家家户户的烟囱都是用砖垒起来的，方方正正。只有他家的烟囱是用瓦筒箍起来的，圆圆的立在房顶上。

大人们和大下巴爹说，你本事大得哩！

大下巴家的烟囱是大下巴爹自个修的。不仅如此，村子里的烟囱都是出自他的手艺。大下巴的爹是个泥水匠，他的泥水活远近有名。村子里盖房起灶了，得找他，结婚盘炕了也得找他。他的手里拎着一把瓦刀，这家进那家出的，很是红火。

大下巴有时也跟在他爹的屁股后面，他爹吃香的，他也跟着喝辣的。这让我们都很眼馋。

大下巴爹是个顶顶聪明的人。他手里的活做得干净利索不说，脑子也很灵光。他在给人起灶盘炕时，经常使些小把戏。比如说盘炕，他要是想整饬谁了，炕盘出来，使再大的火，就是烧不热，冰冷冰冷的，像我们学校校长的脸。或者是让你憋不住尿，一睡在炕上，就让你想尿。一个晚上让你起个七八回夜，那是轻的。特别是新婚的炕，两个新人睡在上面，还没怎么动，那炕却好似地动山摇的了，要塌的样子。叫新娘新郎满肚子都窝着火。

新娘新郎都有些害羞，不好意思找他。婆婆就会出面，喜烟喜糖的直献殷勤，说，我那媳妇好着呢，又勤快，又孝顺，别整娃了。

大下巴爹就会笑着进屋，一阵鼓捣，再睡到炕上，你就是翻跟头也是稳稳当当的了。

七爹的烟囱也是被树林遮了整整一个夏天。不过他家门前的树并不怎么茂密，一进入秋天，就能隐隐约约地看见了。在树林后面闪闪烁烁的。

七爹在夏天时，儿子结了婚。吹吹打打的，很是热闹。到了秋天，儿媳妇就横眉怒目地吵吵着要和七爹分家。七爹的儿媳妇是外村人，胖得让人一看就气喘，她要是往哪儿一戳，就占地方。

七爹不想分家。七爹就这么一个儿子，老伴身体又不好，他指望着把儿媳妇娶回来能有口热乎饭吃呢。可儿媳妇一次次地闹。那就分吧。

秋天刚收回来的粮食分了，几口破家具分了，三间房子也分了。七爹觉得偌大个家，一下子就空去了一半。

分了家，就得另起炉灶。

这活儿，自然是大下巴爹去干。

起灶那天，是个非常晴朗的日子。大下巴爹看见七爹垂头丧气地坐在那儿抽烟，便对七爹的儿子说，分什么家呢? 家有老，是个宝!

七爹的儿子太蔫巴，一句话还没囫囵出来，正在洗碗的儿媳妇，把手里的碗弄得乒乒乓乓的一片响。大下巴爹就再也不吱声了。他开始和泥，搬砖起灶。也就一天的工夫，灶就起好了。七爹的儿媳妇还噼里啪啦放了一挂鞭炮。

灶是起好了，七爹的儿媳妇做饭时却发现，那烟却不顺着烟囱往出走，全聚在了屋子里，熏得她眼都睁不开。一顿饭做得下来，双眼红得兔子似的。

七爹的儿媳去找大下巴的爹，她请他帮她收拾收拾。大下巴爹头都没抬，说，也只有一个办法可治。再做饭时把你公爹公婆的饭一并做了，也许就好了。

那天晚上，夜深人静时，大下巴爹拿了一根长竹竿悄悄爬上了那个新起的烟囱，他做烟囱时，在里面故意彻了几张皮纸，堵住了烟囱道。他用竹竿轻轻一捅，那纸就破了，烟囱道自然也就通了。

第二天，七爹的儿媳妇就和七爹把家合了，她去烧火做饭时，果然烟囱通了。那一直不通的烟囱飘起了袅袅炊烟。

入侵者

她失恋了。她的男友背弃了她。另一个女孩撞进了她和他安静的生活。

于是，她背上背包，想找一个远离尘嚣的地方走走，把过去的生活梳理一下。

她选择了西部一个边远的山村。她是从地图上找到那个小山村的。

一路向西。

再一路向西。

当她离城市越来越远时，眼前的景致却越来越美丽了。等她到了那个小山村，她觉得她吸进的空气都带着一股甜甜的香味。她在这里留了下来。

这个村子有一个好听的名字：阿月村。

陌生，总是让人充满着好奇的。这里的景，这里的人，还有她在这里见到的每一个孩子清澈的眼神。她为自己做出了一个大胆的决定，她要在这里做一个志愿者。她想，也许我能给这些孩子的命运带来些改变呢。

确实，她的到来，让这个平静的村子一下子蓬勃了起来。她开始教这里的孩子们唱歌跳舞，她教他们画画，她还教他们用笔把这里的美描述出来……

她就像春天里的一场雨，让阿月村一下子变得五彩缤纷了起来。

可是，最初的新鲜感过去之后，她发现，这个美丽的山村，根本就不属于她。虽然她给这里的孩子们带来了快乐，但，她发现，她是越来越不快乐了。

她本想，她是完全可以忘掉过去的。可是一到夜深人静，透过窗户，看到天幕上的那轮圆月时，她才发现，忘掉一个人，是那样的难。就像地里的稗草，你越是想让它腐掉，烂掉，它越是会像秧苗一样重新从地里长出来，而且越来越茂盛。

她知道她和他的爱情也许并没有走到尽头，只是那个入侵者的偶然撞入，让她和他的爱情出现了一些小小的麻烦而已。她和他相恋了三年，三年的时间，他们一起经历了多少风风雨雨？

想一想，她来到这个山村已经三个多月了。三个月，她让这个平静的小山村改变了，她让这个小山村的孩子们变了，可她不知道，她和他的爱情会有怎样的变化？

她终于忍不住，打开了关闭的手机，那一刻，她听到了铺天盖地的短信声。不用看，她就知道，这些短信全是他发来的。不用想，她也能知道那些短信的内容，她知道，时间打败了那个爱情入侵者。

现在，是该她做出决定的时刻了。

她拿出手机，对着窗外的天幕，拍下了那轮圆月，然后，写了句：山中月满，给他发了过去。

她是趁着夜色悄悄离开阿月村的。她怕她的离开会让这里的孩子们伤心。

她只给他们留下了一句话：但愿我的到来，能给你们的生活带来改变。

她又回到了本就属于她的生活中。她的朋友圈都知道了，在这个世界，还有一个叫阿月村的地方。他们都从她的嘴里知道了那里的美丽和贫困。

又是三个月过去，一天，她一个在电视台工作的朋友打电话告诉她说，他有个采访任务要去西南边陲，他说他在地图上看了，那里离阿月村很近的，他想去那里看看。

她听到这个消息异常的兴奋，专门去买了很多画画用的纸笔，她让朋友将这些东西捎给那里的孩子们。

十天后，朋友回来了，给她带回了他在阿月村的影像资料。

她又看到了那些熟悉而又陌生的面孔。

她看到，当他的朋友将她给那些小孩们买的纸和笔分发给他们时，他们并没有她想象的那样兴奋。她甚至从他们的脸上看到了漠然。

朋友问一个小孩说，你还记得那个教你们画画唱歌的老师吗？

小孩：……

朋友说，你是不是很想她？

小孩：……

那么，她教你们画的画还在吗，能不能让我看看？

小孩终于开口了，说，撕了。

撕了？看到这儿，她的心不由一颤。

朋友显然也吃惊不小，说，为什么不留着？

小孩说，留着和不留都一样。

这时，一个女人的声音说，她就不该来的。她来了，把孩子们的心弄乱了，她却又走了。

画面上一直没出现那个女人，但那声音却像一枚枚针一样，一下一下地扎在了她的心上。

初 恋

女孩和男孩恋爱了。

说起来很简单。有一次，女孩和同学们一起出去玩，男生们用自行车驮着女生在公路上飞奔。他坐在那个男孩的自行车后架上，看见男孩的头发被风扬起来的样子很是潇洒。她就喜欢上了男孩了。

那时，她并不懂得爱情是怎么一回事。在男孩送给她一个玩偶之后，她就像电视里的那些青年男女一样，不再叫男孩的名字了，直接叫他老公。然后，她把他送给她的玩偶叫成了他的名字。她觉得这样很幸福，很好玩。每天晚上睡觉时，她都会搂着那只玩偶。

可他们的爱情并不顺利。就像一篇小学生的作文，刚开了个头，就要面临结尾。

他们的父母亲不知怎么就知道了。

她的父亲对她说，你要是胆敢再和那个臭小子来往，小心打断你的腿。

叛逆中的她要想做的事，谁能挡得住呢？你们不是不让我们在一起吗？我们偏偏就要在一起。两人一商量，为了爱，私奔！

在一个漆黑的夜晚，趁着双方父母不注意，他们在约定的地点碰了面，然后，义无反顾地出走了。

去哪里呢，他们并不知道。他们只是觉得，只要离开了父母，离开了他们烦人的管教，他们的爱情就会像埋进地里的种子一样，就可以生根发芽，就可以开花结果。

为了不让他们的父母找到他们，他们选择了一条别人早就不再走了的出村的小路。

夜越来越黑了。周围的一切也变得越来越模糊了，他们却在山里迷了路。

这时，又下起了雨。已是初冬了，那雨里还夹着雪。

饥饿寒冷，还有恐惧同时向他们袭来。

两人不得不躲进了路边的一间废弃的破房子里。

破房子没有门，没有窗。呼呼的风声夹着不知名的动物的叫声，从四面袭来。他们想生一堆火，可搜遍全身，也没有能生着火的东西。

当初在女孩眼里是那样潇洒的男孩，面对困境似乎没了一点主意。

女孩哭了，她开始后悔不该选择走这个荒无人烟的小路出走。要是走大路，也许这时早就能听见她父母寻找她的呼喊声了（女孩坚信她的父母此时正在到处寻找她）。她想起自己那温暖的家，她想起那只夜夜让她抱着入睡的玩偶来。

一夜过去，他和男孩几乎没有合眼。她没有埋怨男孩，但拒绝了男孩的拥抱。

天亮了。

他们却仍旧待在那间破屋子里，吃过他们带来的东西后，女孩对男孩说，她想他送给她的那只玩偶了，她想等晚上了回去取了它再和他私奔。男孩没有反对，并说，他也想回去取了那辆自行车。有了自行车，就会走得更快些。

然后他们又重新约定了见面的时间，地点还是老地方。

女孩在外面溜达了很长时间，直到很晚了才回到家里。她一直想象着因为寻她家里乱成一团的样子。

可等她走到家门口，把耳朵贴在门上一听，才发现，家里是那样的静。

她伸手到兜里摸钥匙时，才发现钥匙不知什么时候弄丢了。

昨天晚上一夜未睡，女孩实在有些累了，但她不想也不好意思惊动父母。她便在门口坐了下来，想将身子靠在门上休息一会。

当她刚将身子靠上门时，门却无声地开了。

她将头伸进去一看，门后并没有人的。女孩也管不了那么多了，起身进了屋。

一切都是那么地安静，好像什么都没发生过一样。

女孩悄悄进了她的房子。她太困了，不管明天会发生什么事，她得先好好睡一觉。她没有拧亮床头的台灯，就那样脱掉身上的衣服躺进了被窝。当她把脚伸进被窝的那一瞬间，她愣住了。被窝里躺着两只暖水袋，已把被窝烘得暖暖的了。

第二天早上，女孩醒来时，就听到了父母的说笑声。女孩走出门，香喷喷的早餐已摆在了餐桌上。和以前一样，母亲一边收拾碗筷，一边催促她快洗脸吃早餐。

坐在餐桌前吃饭时，女孩还在想，昨天发生的一切，难道是个梦吗？

到了和男孩再次约定的时间时，女孩还是去了老地方。她要劝男孩放弃私奔的想法。

她在那里等呀等，只到过了他们约定的时间了，男孩还是没想出现。

邻　居

他和他是邻居。

他叫秦少天，开着一粮行。而他，人们都叫他小伍子，开的是一爿小小的豆腐作坊，每天起早贪黑的，也只能勉强地维持生计。

秦少天的粮行是小镇里最大的，生意也就做得顺风顺水，一切都有管家和下人去打理。没事了，他就坐在阁楼上喝茶。高处不胜寒呐，他越来越觉得生活没意思。

从阁楼上看下去，就是小伍子的豆腐作坊：两间破草房，一盘大石磨，再有的就是两口大铁锅。

小伍子做豆腐的豆子，也是从秦少天的粮行里买来的。豆子买回来了，用水浸泡了，再用石磨磨了，他们连一头拉磨的驴都没有，小伍子腰里顶着一根杠子，就那么一圈一圈的将豆子磨成浆。

接下来，烧水，点浆，过浆，等到天明时，热腾腾的豆腐就出锅了。这时候，小伍子就将那还冒着热气的豆腐装进挑子里，忽忽悠悠地去沿街叫卖。小镇上的人都喜欢吃小伍子做的豆腐。

尽管如此，小伍子的日子却过得很快乐。秦少天坐在阁楼上，常常能听见从小伍子的破院子里飞出的笑声。那笑声好像是用蜜水浸泡过了一样，是那样的甜美。特别是小伍子的媳妇，一笑起来就没完没了。他们的快乐是那样的简单，某一天多挣了几钱碎银子，小伍子折一朵野花插在了他媳妇的头上，都能让他们乐乎半天。

真是不可思议。秦少天觉得那笑声就是一把锥子，锥得他心痛。

有时候，小伍子也和他的媳妇闹点小矛盾，打打闹闹的。那只是平时笑声中的小插曲。小伍子很心疼他的媳妇，重活累活一点也不让她干。小伍子媳妇也总是闲不下来。小伍子磨完豆浆，刚一坐下，她就忙着去给他捶肩挠背。挠着挠着，就故意把手伸进了小伍子的腋窝，挠出一片笑声来。

有一次，下大雪。秦少天还看见小伍子在豆腐坊前的空地上，堆了一个大大的雪人。两个人孩子似的在那追逐着。笑声都能震塌房子。

"他们怎么就那么快乐呢?"有一天，秦少天叫来管家，他问管家。

管家说，穷开心呗。

想想也是呀。秦少天想起自己还没发家之前，不也是这样吗。那时什么都没有，有的就是穷开心。可现在他什么都不缺时，却怎么也开心不起来。

秦少天觉得他都有半年没有笑过了。

又一天，小伍子来秦少天粮行买豆子。秦少天拿出了一块银锭交给了管家。他吩咐管家，悄悄地把这锭银子放进小伍子装豆子的口袋里。

管家说，东家，这么大一锭银子，就是他小伍子磨豆腐，几年都挣不来的呢。

秦少天一笑，说，你明天早上随我去阁楼吧。到时你就明白我的意思了。

第二天早上，管家随秦少天来到阁楼上，他们站在那里向小伍子豆腐作坊望去，那里却是一片漆黑。先前忙碌的景象没了，磨豆腐的石磨声没了，勺子和锅的碰撞声没了，更没了小两口的说笑声。

管家问秦少天，东家，这是怎么回事? 按说，他们无端地得了那么大的一锭银子，还不乐死呢。

秦少天抿嘴一笑，什么也没说。

就是从那天起，小伍子和他媳妇的笑声，就像鸟一样，飞走了，再也没回来。

秦少天再坐在阁楼上，耳朵里是一片死寂。

又过了些日子，一个晚上，小伍子带着他的媳妇悄无声息地离开了小镇。他们去了那里，没人知道。

小伍子的那个豆腐作坊在后来的日子，就变成了一片废墟，寂静得要命。

黄 昏

先是一声。

接着是两三声。

老人抬起头在门前的树上瞅了半天，也没寻见鸟的身影。老人以为他又出现幻听了。这样的事，以前也常常发生在老人身上的。

再过几天，老人从庄稼地里回来时，突然发现房前屋后到处都闪烁着鸟的飞影。像风裹动的树叶，在眼前飞舞着。寂静的黄昏一下子律动了起来。

这一次，老人听到了鸟儿们那潮潮的叫声。

老人耸耸鼻子，是的，春天的味越来越浓烈了。

老人走进屋里，再出来时，他的手上就多了一把木勺。木勺里是金灿灿的麦粒。老人抓起麦粒，一把一把地向道场上扬去。金黄的麦粒在黄昏中划出一道道优美的弧线后，就在道场上砸出了一声声鸟的叫声。

啾。

啾啾。

啾啾啾。

老人坐在门前的那块巨石上，一脸慈祥地看着那些鸟儿们叽叽喳喳地抢食着地上的麦粒。好像那些鸟儿是他的孩子。

春夏秋冬一年四季，老人最喜欢的就是春天了。春天的黄昏，老人就喜欢坐在门前的这块巨石上，看家家户户房顶上冒起的炊烟；看村里的男人们从地里收工赶着牛羊回家；还有那翅膀上还挂着水珠的鸭子们，一摇一晃不紧不慢地从面前走过。

这样的日子多好呀。

可这一切，对于老人来说，似乎成了记忆。

时间过得真是个快呀。一眨眼几十年就过去了。那个时候，这个村庄是多么的美呀，人还没到村庄，老远的就能感受到那热闹的氛围，不说村庄，你就是走在村子外面的小路上，冷不丁，路边的庄稼地里就会窜出个人来。吓你一大跳。

老人记得，那时他还年轻。也是在春天的一个黄昏，他到了这个村庄。

他本来是路过这个村庄，去另一个村庄的。可走到这个村庄时，天就要黑了。因此，他走的就有些急，就出了事。他的一只脚在迈出时，不小心踢起了一粒小土块，那土块就像一只鸟一样飞了出去。他根本没有想到，在他前面不远处有个姑娘也正走在黄昏的路上，那土块好像长了眼一样，不偏不倚正好砸在前面走着的那个姑娘的屁股上。

他着实吓了一跳。他想他是惹祸了。

这时，却见那姑娘回眸一笑，说，不敢吧？

他没想到，这意外飞出去的一块小土块，让姑娘误以为是他向她传达爱意了。

不敢吧？这似乎是带着商量的口气，还有姑娘那灿烂的笑容，一下子鼓起了他的勇气。那时的他，也正气盛着呢，心想，有什么不敢的！

他毫不犹豫地向那姑娘追上过去。

也就是在这个美丽的黄昏，当他和姑娘再从路边的小树林里一起走出来时，他就成了这个村庄的人。

他对姑娘说，不管发生什么变化，他都要守着这个美丽的村庄和她好好地过一辈子。

可现在，当老人在春天的黄昏里坐在这块巨上时，所有的一切都不复存在了。狗的叫声没了，鸡的叫声没了，连同孩童的嬉闹声也没了。

老人每天只能看着自己房顶上的炊烟一缕缕升起，再一缕缕飘散。

村庄还是先前的村庄，只是再没有了早先的欢声笑语。

村子里的人陆陆续续地都搬走了。许多人都来劝他，让他和他们一起搬走，搬到河川去，那里有宽阔的大马路，出门就能买到想要买的东西。可他就是不走。没有人知道他不走的原因。只有他的心里清楚，他是在坚守着几十年前那个黄昏他对她的承诺。几年前她就去了，她就埋在当年他们相会的那棵树下。那棵树现在也已成了一棵老树，将来，他要和她一起在这棵树下守着这个美丽的村庄。

鸟儿们已吃净了地上的麦子，一只只地飞走了。场院里一下静了下来。

老人从巨石上站起身，天还没完全黑。他开始动身向村外走去，慢慢地，他走到了几十年前他和她相见的地方。几十年了，这里几乎没什么变化。说没变化也不对，其实路边的那些树都长大了，变粗了，只是早些年又被人砍掉了。这两年，老人又在那地方种上了小树。老人看着眼前的景象，突然有些心血来潮，他的心突突地跳了几下，然后，他像当年那样地在路上走了起来。估摸着差不多了，他脚下一用力，一只小土块就飞了起来。那土块像一只鸟儿一样向前面飞去。老人想在空中找到那土块的身影，却什么也看不见，他只好竖起耳朵想听听土块落地时的声音。

他等呀等，黄昏却是一片寂静。

一束鲜花

　　又是一天过去了，男孩还是没有找到工作。男孩有点气馁了。要是再找不到合适的工作的话，吃饭都是个问题了。想到吃饭，男孩还真是有点饿了，今天一天，他就像是跑场子似的，赶了几个招聘的地方，有两处，他几乎连挤都没有挤进去。这城市里的工作，就是一块肉，现在真是狼多肉少呀。

　　男孩在一个烤肉摊前坐了下来，不管怎样，得先把肚子填饱。

　　男孩把身上的钱都掏出来数了数，总共只有五十多元钱了。他想了想，还是要了10元钱的烤肉。

　　男孩一边吃着烤肉，一边在作明天的打算：不管怎样，明天先找个事干着，哪怕是下苦力都行。

　　这时，男孩突然听见一个很好听的声音叫道："叔叔，买束花吧！"男孩抬起头，见一个很漂亮的小姑娘站在他的面前，手捧一束鲜艳的玫瑰花。那花显然是刚从枝上剪下来的，上面还挂着几滴晶莹的露珠。

　　"叔叔，买一束吧，你看姐姐长得多漂亮！"

　　男孩抬起头时，才发现他的旁边坐着一位漂亮的姑娘，正在津津有味地吃着烤肉串呢。

　　小女孩显然是搞错了，把这个他并不认识的姑娘当成他的女友了。

"姐姐真的好漂亮呢！鲜花配美女，多好！"小女孩见他有些犹豫，又补充了一句。

这小女孩真会说话！

男孩看着面前这个手捧鲜花的小女孩笑了笑，心想，我现在连工作都没找到，自个儿吃饭都是问题，哪有钱买花呢。但当他的眼睛落在身边坐着的那个姑娘的脸上时，不知怎的，那拒绝的话刚到嘴边，又被他咽了回去。他对小女孩说道："小妹妹，你问问姐姐喜欢这花吗？"

男孩想，这么漂亮的姑娘，怎么会接受一个陌生男子的鲜花呢？这样既委婉地拒绝那个小女孩，又不会在这么漂亮的姑娘面前丢面子的。

"姐姐一定喜欢的，是吗？"小女孩显然认定了那姑娘就是他的女友了，她走到那姑娘的面前，讨好地说道。

男孩的心提到了嗓子眼上。他现在开始有些后悔，不该开这种玩笑。这事弄不好惹恼了那女孩，多没意思。

那女孩听了小女孩的话后，呆愣了片刻，但她很快地就明白了是怎么回事，她撩起长长的睫毛，看了男孩一眼，脸刷地红了。"糟了。"男孩想，如果那女孩发起脾气来，可如何收场？

"姐姐，那就让叔叔买一枝送你吧。"小女孩说，"我爹死了，我妈去年被车轧断了一条腿，没办法，她就在屋里种花，她让我将花卖了，好交欠学校的学费，我还要用这钱给妈妈看病呢……"

听了小女孩的话，男孩突然心里一动，这小女孩小小年纪，要自己挣学费，还想着给妈妈治病，真的不容易呀。男孩掏出十元钱来买下了那束鲜花，并让小孩将那束鲜花送给了那位女孩。

小女孩将花送给了那位女孩，接过钱，说了声谢谢，就走了。

男孩回过头时，才发现身旁的那姑娘，眼里竟然噙满了泪花。

男孩见女孩哭了，吓了一跳，不知所措地搓着双手，像个做错了事的孩子低下头，说："对不起，我只是想帮帮那小女孩，买走她十元钱的困难，这花因为我拿着也没什么用，才……才送给你的。"

"谢谢，我会好好珍惜这束花的。"

女孩说完这话，也起身走了。

半年后的一天，男孩突然在一报上看到这样一篇文章：一身患绝症的女孩准备轻生时，在一个烤肉摊前，无意中，一个陌生的男孩送给她一束鲜花。正是那束鲜花，让女孩重新燃起了她对生命的渴望，之后，女孩积极地配合医生进行治疗，没有到，她的病竟然奇迹般地好了。

那女孩在接受记者的采访时这样说道："鲜花是男孩花十元钱买的，我之所以接受那束鲜花，是因为那男孩当时只是想帮帮那个困难的小女孩，男孩用十元钱买走了小女孩的十元钱困境，却用十元送给了我一片阳光。"

活　宝

奇怪的事发生在一个早晨。

猫头的父亲早上去庄子的水井挑水，看见一只老母鸡领着一群小鸡在水井边嬉戏。他觉得奇怪，是谁家的鸡，这么早就跑出来了？那些小鸡长得很可爱，猫头的父亲放下水桶，忍不住就伸出手去抓住了一只小鸡。奇怪的事就在这时发生了。只是一瞬间的功夫，那只老母鸡和其他的小鸡就不见了，再看看手里的那只小鸡，却已死去，沉沉地变成了一只小金鸡。

猫头的父亲高兴坏了，他知道他这是遇到活宝了。

所谓的活宝，就是能在地底下跑的宝。比如金鸡呀，金马呀，金猪呀。他们在地底下长成了型，时不时地就会跑到地面上来显露一下。

庄子里早先就有一个会赶宝的人，他能将地下的那些活宝从地下赶出来，只是他还从来没有将活宝捉住过呢。

猫头的父亲将那只小金鸡捧回了家。他让猫头娘捧着那只小金鸡看，他又让猫头也捧着那只小金鸡看。他对他们说，哈，这回我们真的发财了！

就在他们一家人做着发财的美梦时，意想不到的事发生了。

当猫头有些爱不释手地将那只小金鸡交给他父亲时，一不小心，那只小金鸡给掉在了地上。谁能想到呢？那只小金鸡一掉到地上，就像鱼儿见了水一般，活了。它竟然还吱吱地叫了一声，就一头钻进地里去了。猫头眼明手快，他伸手想拽住那小金鸡的尾巴，却是什么也没抓着。

到了嘴的肉竟然没了。

事情就是这样，当初，要是这只小金鸡不出现在猫头父亲的面前也就罢了。现在，它出现了，却一转眼又没了，这让猫头一家人的心里都不好受。

于是，猫头的父亲在一天黄昏，作出了一个决定，他决定掘地三尺，也要找到那只小金鸡，活捉这个活宝。

猫头的父亲对他们一家人作了明确地分工。猫头的父亲负责挖掘工作，猫头和娘负责运土渣。

那天晚上，他们点燃了油灯，从那只小金鸡掉下去的那个地方开始了挖掘。

他们就像几只土拨鼠那样，一点一点地将土从地下拱了出来。

当他们挖到两米深的时候，麻烦来了。一块硕大的石头挡在了那里，铁锹挖上去金星四溅。他们不得不改变挖掘的方向。方向的改变，使挖掘工作顺利了许多，这让他们受到了很大的鼓舞。

洞越挖越深，为了节省时间，除了上厕所，猫头和他的父亲几乎不再出洞，甚至连吃饭他都是让猫头娘给他们用箩筐吊下去。他们刚开始挖洞时，正是初春季节，猫头和他的父亲还穿着小棉袄呢。现在，他们已是光着臂膊在下面挖掘了。猫头父亲的脸上，胡子也长得老长。

有一天，猫头娘给他们用箩筐吊下饭时，还用一片大树叶给他们包了一包东西，他们打开一看，竟然是一包樱桃。猫头父亲说，我们下来时，樱桃树还没发芽呢，现在樱桃都能吃了。

猫头说，我们挖出去的土上面怕是长了草了吧。

猫头和他父亲就这样一边说着话，一边吃着樱桃。樱桃很甜，他们却看看不清樱桃的颜色。

突然，猫头听见他的父亲欣喜地叫了一声。

猫头的父亲说，猫头你听，我好像听到了鸡叫的声音呢。

洞里一下就静了下来。猫头和他父亲都屏气凝神，果然，有鸡的叫声若隐若现地传来。

猫头的父亲简直是欣喜若狂了，他说，呀，我们快要捉住活宝了。

猫头说，我们要捉住活宝了。

两个人完全忘了困倦和劳累，他们拿起铁锹又开始挖了起来。时而，他们会停下手中的挖掘，侧起耳朵来听一听。鸡叫的声音似乎越来越清晰了。

接着，更令人兴奋的事发生了，他们看见，就在他们面前不远的地方，一个金光闪闪的东西在地上一跳一跳的。他们不约而同地扑了过去，可是，等他们到了那里，那东西有意要捉弄他们似的，一闪眼就不见了。

后来，猫头就看见那东西跳到了他爹的背上，猫头伸手去抓，却什么也没抓住。猫头再伸手去抓，就抓住了一个圆圆的光柱。这时，又一声鸡叫的声音传了过来。这一次，那鸡的叫声是那样的真切，仿佛就在身边的某个地方。猫头的父亲一铁锹挖下去，眼前就一下豁亮了起来。他们顺着那亮光爬过去，就看见一只金黄的母鸡，正带着一群可爱的小鸡在一片草地上觅食呢。

同时，他们还听见了狗的叫声和人争吵声。他们拍了拍身了的泥土站起身时，才发现，原来这是他们家的后院。

从后院里出来时，猫头和他爹才发现，时令已到了夏天，地里的麦子已黄了。奇怪的是，那一片金黄的地里，竟然没有人去割麦子，许多人都拎了口袋和竹筐在抢他们门前他们挖出来的土。

那些人将那抢来的土背到河边，用木盆从里淘金呢。

猫头娘，却是一头的汗水，还在一箩筐一箩筐地将土往出运。

牙　齿

六岁的那年春天，有天早晨起床，发现我的一颗牙齿掉了。奶奶老的时候，那牙隔三差五地就会掉一颗，直到后来，满嘴里找不出一粒牙了。我捧着我的那颗牙齿，哭了起来。我说，我也要老了。

我的话把大人们都惹笑了。他们说，我那是换牙呢。小孩在长大的过程，都是会换牙的。他们让我张开嘴，一边看一边说，要是上边的牙掉了，就悄悄地把牙放到门墩上。若是下边的牙掉了，就要扔到房顶上。过一阵，新牙就会长出来的。

我掉的是下边的牙。

我拼命地把牙往房顶上扔去。可那颗牙齿仿佛不愿离我而去，竟然顺着那瓦槽又骨碌碌地滚落下来。如此反复几次，最后，我不得不搬来只凳子。我站在凳子上使足了劲，把牙总算扔上了房顶。我竖着耳朵听，再没有了那骨碌碌的声音了。我想，我的牙终于落脚在房顶上，开始生根发芽了。我站在初升的太阳下，心里阳光灿烂。

那天中午，就在我渐渐地忘记了掉牙那件事时，突然听见村里传来吵架声。那时的我，最喜欢的是吵架了，我们赶忙跑过去看热闹。

那时，小寡妇的门前已有好多人，他们站在那里，都是一脸的兴幸灾乐祸的样子。

小寡妇和村里的杨二嫂像两只母鸡一样撕打在一块。

小寡妇在村里开了一家豆腐房。村子里的人，要吃豆腐了，都会去她家买。有时，手上没钱时，也可以用豆子去换。村里的人都说小寡妇的豆腐好吃。

那时，小寡妇的豆腐篮已被杨二嫂踢翻在地，篮子里的豆腐滚落一地。豆腐上全是了灰。有闲人将地上的豆腐拾起来，可那豆腐上的灰拍也好，吹也好，就是不掉。

我不明白，小寡妇和杨二嫂平时关系是那样的好，怎么会打起来呢？

旁边的人就说，真是出了奇事了，小寡妇的豆腐里怎么就会长出牙来呢？

原来，杨二嫂的八十多岁的婆婆，就喜欢吃小寡家的热豆腐。今天上午，杨二嫂去小寡家称了一块豆腐，拿回家给婆婆吃时，吃着吃着，竟然吃出了一颗牙来。老太太说，这豆腐怎么这么厉害呀，竟然能把我的牙给磕掉了。

老太太八十多了，满嘴只有一颗牙了，这可急坏了儿孙们，扒开老太太嘴一看，真是奇了，老太太的那颗牙，竟好端端地在那里呢。再看老太太的手里，果然是握着一颗牙的。

后来，确定是小寡妇的豆腐出了问题。杨二嫂去找小寡妇说理时，两人就先吵了起来。

这之后好长时间，杨二嫂和小寡妇不再说话。而小寡妇的豆腐也很少有人去买了。

半年后，我嘴里长出了一颗新牙。我慢慢地也就忘了我那扔到房顶上的那颗牙。

最后一课

党老师长着一脸茂密而又漂亮的胡子，这让我们很是羡慕。我们在背过他的时候，就偷偷地用墨汁照着他的样子给自己的脸上也描上胡子，学他上课时的样子。这样的结果可想而知，好多天过去，我们的脖子上都残存着没能清洗掉的墨迹。

上课的时候，他将一盒五颜六色的粉笔摆在讲桌上，就开始在黑板上给我们画画。他在黑板上画了一只我们吃饭的老碗，然后用一种期待的眼神看着我们说，同学们，你看我画的是什么？

我们齐声说，帽子。

党老师的脸上就露出一副意外却又无可奈何的表情，他将那即像老碗又像帽子的画擦了去，又在上面画了一条黄瓜。这一次，同学们却异口同声地说他画的是一只洗衣服用的棒槌。党老师非常失望，那长满胡子的脸上立时就有汗珠流了下来。

党老师的画的确画得不怎么样，但这对他的威信并没有什么影响，我们依然是那样的喜欢上他的课。因为他的语文和数学课上的是那么的好。

党老师上数学课画圆时，从来不用圆规，他甚至是将背对着黑板，伸手那么一划拉，一个圆就出现在黑板上了，和圆规画出来几乎没什么两样。还有一点更是让我们惊奇，语文课上，凡是我们不会写的字，只要问他，他几乎连想都不想就说，打开《新华字典》×××页，我们将字典翻到那页，那个字果然就在那里。

新学期开学不久，有一次，党老师正在上课时，突然就晕倒在了讲台了，这让我们很害怕。等把他送到医院时，他已是昏迷不醒了。老师们说，党老师得了绝症，他就这样躺在了医院里。

新给我们派来的老师姓马，这是个很令人讨厌的家伙。他把他的头发从头顶分开，一半梳向左边，一半梳向右边，远远看去，就像是一本摊在头顶上打开了的书本。

这让我们一见到他，就对书本产生了一种莫名其妙的厌恶和恐惧。

他真是一个自傲且性情粗暴的老师，我们和他之间好像隔着一层玻璃，彼此看得见，却永远也无法走近。他除了上课，几乎把所有的精力都放在了怎样对付我们上面。他总想在我们最混乱的时候出其不意地跑进我们的教室里来，拿住我们的一些把柄。我们知道，他常常爬在教室的后门偷听教室里的动静。有一天，一个同学装作要出去的样子，从里面猛地将门拉开，马老师就像一头牛一样，"轰"地一声滚进了教室，我们故意装出一副吃惊和害怕的样子，才将他从地上扶起来。

我们越来越想念我们的党老师。我盼望着党老师的病能快快地好起来，这样他就会回来给我们上课了。我们就可以摆脱那个令人讨厌的马老师了。

可党师的病却像我们的思念一样，在一天天加重。学校里已开始传言，说党师母已在家里为党老师准备后事了。

这天中午，我们正在上自习，有同学叫了一声，说党老师回来了，我们抬起头，果然就看到了盼望已久的党老师。他抱着课本走进了我们的教室。他脸上的胡子依旧是那样的漂亮。

像往常一样，他开始给我们上课，他好像从来就没有病过一样，精神是那样的好。当有同学在上课时开了小差，他还是像过去那样，走过来，摸摸那个同学的头，或是拍拍肩，说一句，下次可不能再这样了！

下课的铃声响了，党老师也讲完了他的课，他在我们敬仰的目光中走出了教室。

可是，当我们第二天一早兴奋地到校时，发现学校的气氛有些异样，我们看见党老师的门上摆了许多的花圈。学样的老师都在那里忙进忙出。我们不明白发生了什么事，当我们走近时，才发现那些花圈都是送给党老师的。

党老师死了。

我们说什么也不会相信党老师会死。我们说，就在昨天下午，党老师还给我们上了课的，党老师怎么能死呢？

老师们听了这话，都显出很吃惊的样子来，他们说，怎么可能呢？那个时候，党老师正是生命垂危之时，他怎能回到学校给你们上课？

虽然许多人都不相信，但我们可以肯定地说，那一天下午，党老师是给我们讲了一课的。

活着好

男孩长得很清纯，文文静静，秀秀气气的，像个大姑娘，很讨人喜欢。

男孩是单位的小车司机，大家都知道，小车司机虽然不带什么长，但手中也是很有权的。因此，男孩在单位里上上下下的关系都处理的得心应手、左右逢源。单位里的姑娘都把男孩当做自己心中的白马王子，有事无事，总爱找各种借口来和他套近乎：或是让他出差带个什么东西，或是找机会去坐他的车。男孩呢，对女孩的这些举措，似乎没有一点察觉。或是察觉了故意揣着明白装糊涂，他只是一往情深的去追单位那个漂亮的女秘书。

女秘书长的确实漂亮，又上过大学，但已有了男朋友。单位里人都觉得男孩有些自不量力，不讲实际，想法太荒唐，但男孩却并没有感到他和女秘书之间有什么差别，他说，他完全可以和那个男孩子公平竞争。他很自信，一副成竹在胸的样子。

男孩没上过大学。他开了几年车，甚至连上高中时老师教给他的那半瓶墨水也都返还给了老师。男孩谈恋爱就遇到了问题。打死他也写不出一句有点色彩的恋爱信。男孩更不愿意让女秘书看扁了自己，就买了烟酒去求人。单位工会主席的老公是个小有名气的作家，整天把自己关在屋子里写小说。男孩就去叩响了他的门。作家平时出门办事坐过男孩不少车，烟酒没收，信却写了。作家把写信当做写小说、散文那样认真，写得很抒情、很打动人。但信寄出去一封又一封，却如泥牛入海。男孩再去找作家写信时，作家忍不住就劝男孩："天涯何处无芳草，何必在一棵树上吊死。"男孩听了泪就潸然而下，说："我是不会爱第二次的人！"这话说得作家也心里怪不好受的。

信打动不了女秘书的心，男孩索性就不再请作家写信了。他干脆明火执仗，直截了当的去找女秘书谈，谈过几次自然没有什么好结果，男孩就很懊丧，回到家里便独自一个人喝闷酒。男孩以前是不喝酒的，他听说喝酒能消愁，可不想，愁消不了，人却醉了。人一醉，过去压在肚里的那些陈芝麻烂谷子的事就往外冒。大话牛话就嘟噜嘟噜往外撂。男孩就说："等着瞧，她活是我的人，死是我的鬼。"男孩说这话时，完全失去了他那本来文静秀气的面目。直到这时，单位里的人才发现男孩变得有些可怕了。

男孩说这话不久，话就传到许多人的耳朵里。领导知道了，女秘书也知道了。一时单位里传得沸沸扬扬。

男孩有好多朋友，男孩的朋友听男孩说这话，怕男孩想不开，真的出什么事，就去找男孩的领导帮忙化解。领导对恩恩怨怨的情啊爱啊只能束手无策。朋友只好去劝男孩，天下好女子多的是，何必为一个女子发狠斗誓、争争斗斗的？男孩说，我说过了的，她不嫁我，也休想嫁别人，我和她生不能在一块，死在一块总行！男孩说了，依旧不折不饶地去追女秘书。女秘书就怕了，她相信一个对爱如痴如醉的人，是会做出傻事的。就写信给她的男朋友，要他快点想个办法，帮她解脱男孩没完没了的纠缠。

办法有了。女秘书就去找领导，领导听了女秘书的话，就派男孩出了趟远门。

十天后，男孩回来，女秘书和她的男朋友已结了婚。大家都担心男孩会闹出什么事来，可男孩没有。他只是沉默寡言的开车，像什么事都没发生过一样。

这样过去了半年，男孩又变成了先前的男孩，有说有笑，十分地活跃了，并且又如痴如醉地爱上了另一个女孩。后来，男孩就和那女孩子结了婚。婚后小两口的日子过得甜甜美美的。男孩的朋友们这才总算放了心。一次，男孩的朋友半开玩笑地对男孩说，那时，看你那架势，我们真担心你会干出什么傻事呢。男孩笑笑：干吗要干那傻事，活着多好！

看　戏

　　我们村子距县城只有四五里地。每天煞黑前，我和村里的几个小伙伴，总是很准时地赶到剧团的大门外。那个时候，戏尚未开场，催台的"闹台子"敲得一声比一声紧火，好生热闹。听到这紧锣密鼓声，看戏的人立即开始骚动，忙碌地从衣兜里捏出戏票，攥进手心，三人两人捏胳膊，拽衣角，纷纷纠缠到进口处，前脸贴后背站一溜长队，吆五喝六地朝剧团里挪挤。剪票的人，臂膀上庄重地箍上了红袖圈，满脸六亲不认的表情，见挪动的是熟人，嘴角扯一缕笑意，票却是要翻来覆去地看个仔细。

　　很快，看戏的人就入完了场。连同那条卷狮子狗也瘪了身子，从大铁门的缝隙里钻了进去。大门外立即从一片喧闹中静寂了下来。街道也变得十分地冷清了。

　　我们说是去看戏，却因为买不起一张戏票，一直未能进过那门一次。虽然如此，去总归是要去的。每次去了，我们便鳌威威地从在剧团对面的台阶上，眼巴巴地看着所有看戏的人一脸得意地进了剧团那门，再看所有看罢戏的人一脸满足地出了那门。即使是摸着黑丢丢的夜，被一路风吹草动惊得心惊胆战，心里也受活得要命呢。

　　一个晚上，又一个晚上就这样过去了。进去看戏的欲望被撩拨得愈来愈浓。我们几次趁无人之机，学着那卷毛狗的样儿，也瘪了身子，拉长腰，企图从大铁门的缝隙中钻进去，却总不能成功。叹息一声，人来如狗，只好作罢。

办法总归是有的。那一次，我们几个就峁了胆，趁别人不注意，悄悄地钻进了人群，膏药似地贴在了大人的后背上，希望能蒙混进去。倒霉的是，终究还是被剪票的人发现了。人被悲哀地一把拎了出来，倒是前胸的纽扣打着旋，骨碌碌滚了进去。望着那滚进去的纽扣，恨不得像孙悟空一样，来它个七十二变，那样的话，进出自由该多便当。

我们多么想看一场戏呀！可我们无论如何进不了那扇大门。我们在心里一边诅咒那门和那看门的人，一边默默地祈祷。盼望着有那么一天，天赐良机，奇迹在我们身上出现。

后来，我们总算找到了一个好的去处。那就是剧团旁边的矮墙。那是一个非常矮小、十分僻静的小巷。那里虽说不能看见演员们在台上舞动，但演员们的每声唱腔，"哒哒哒"的边鼓声，甚至连演员们在台上走动的戏步声，都能听得非常清楚。我们好一阵激动，纷纷架了人梯，骑上院墙头开始听戏。听戏用耳朵，却是不用眼的。我们就把目光丢开去，看那月儿如盘似的，圆了，缺了；看那星儿半明半暗，密了，稀了；看那树儿摇摇曳曳，肿了，瘦了；看那鸟儿翩翩起舞飞得高了，低了。我们就把听觉集于一处，听那声音高高亮亮如同钟鸣，听那声音细细软软如同水淌……听了戏，心里生出一种想象，尽力把台上的人想象成世间最潇洒、最美貌的人儿。如此这般，乐得我们个个心里如同灌了蜜水。

夜里听了戏，白天便悄悄隐于剧团的对面，把夜里听到的粗的细的、高的低的各种声音，估摸着朝那些出来进去的男的女的、老的少的演员们身上安。有时，为了某个声音应该是从哪个演员喉咙里发出来的，伙伴们争得面红耳赤，不可开交，甚至还大打出手。当然，争了、吵了、打了、骂了，夜里仍然很友善地聚于一块，你拉我拽，骑上墙头去听戏。

白天谋了演员的面，夜里再去听戏，就有了往日不同的感觉。人仍然虽在外面，心却一遍遍跑到了里面。听着唱腔，眼前也幻化出一张张好看的，似熟悉又陌生的面孔。心里既有了几份虚幻，又多了几分实在。反倒觉得自己比坐在里面面对面看戏的人更得意，更满足了呢。

可是，这样优哉乐哉的日子，并没有维持多久，我们的行动就被剧团发现了。

那个晚上，当我们又得意忘形爬上矮墙时，一根竹竿就向我们横扫而来。我们还没明白是怎么回事，便人仰马翻滚落于地，个个被摔得屁滚尿流。之后，我们就明白了，我们从此要彻底断了听戏的路。因为剧团已专门派了个老头，从那晚开始，每夜抱了竹竿，坐在矮墙下守着院墙。我们进不了剧团看戏，连骑在院墙上听戏的资格都被剥夺了。我们恨那老头，恨得牙根出血。我们开始预谋，寻机对那老头进行一次报复。

一天晚上，我们衣兜里满揣了土坷垃，偷偷来到矮墙下，再一次架了人梯。这一次，我们个个都小心翼翼的，将自己的头从院墙上冒出一点点，然后趁那老头不备，尽力将土坷垃朝那老头掷去，直打得那老头弃了那根竹竿，抱头鼠窜。我们也惊慌地逃之夭夭。

老头被打走，想那竹竿仍在，从此再不敢走近剧团一步。墙头自然是骑不得了，却把那一颗心痴迷地留在了矮墙头上，把那段美好的记忆掖进了心底。我想，总有一天，我是会堂而皇之地走进那剧团，正正经经地去看一场戏的。

我心里揣着这种愿望，上完了小学。

上中学时，我虽然人在县城，可那紧张的功课以及老师那从脑门儿吊到脚跟的脸，一直弄得我不敢把这愿望掏出来。再后来，上大学，就更不敢提看戏了。

大学毕业后，我被分配到山旮旯儿的一所中学任教。不说看戏，那里连照明的电都没有。

直到某一天，县文化馆戏剧干部突然登门。他说要戏剧调演，让我无论如何写个剧本。听了这话，我很是吃了一惊。这几年，我胡涂乱画，发表了几篇文章，但对于戏剧，我是一窍不通。但那一刻，也不知出于什么原因，我竟然一口应承下来。于是，我入下手中其他的事，白天黑夜，几乎把所有业余时间都搭进去。几易其稿，剧本总算憋出来了。那时，我满脑子只有一个想法：假如本子能被选上，我将会正正经经地看一场戏了，而且是看自己写的戏呢。

本子最终被选上，决定排演。听到消息的那个晚上，我高兴得在心里一遍遍设想着舞台的样子，一天天掰着指头掐算日子，并隔三差五地请假去剧团看导演导戏，且人五人六地对演员指手画脚了一通又一通。夜里睡在床上，脑子里尽是零碎的戏剧场面，却怎么也连接不成一台大戏。

彩排的日子终于定了。我按时赶到县城，住在一个朋友家。

戏定在七点半开演。可偏偏就在我赶往剧团的当口，我忽然接到消息，说朋友在外出了车祸。

我连忙赶往出事地点。等把朋友送往医院，安排妥当，赶往剧团时，戏却刚刚演出结束。在一片热烈的掌声中，我只看到那红色的大幕正徐徐地落下。

远 方

　　冬日的中午，奶奶和孙子躺在房山花的躺椅上晒太阳。

　　天气好暖和。太阳就像那狗的舌头，一点一点地从他们的身上舔过，舔得他们身上的毛孔都一个个舒展了开来。

　　远处的山一座连一座，也极舒服地蹲在那儿晒太阳。

　　奶奶真的老了，和孙子正说着话呢，眼睛就眯上了，随即，那没了门牙的嘴里就发出了轻轻的呼噜声。

　　孙子觉得很无趣。以前爸妈在家时，院子里可热闹了，吃饭时，只要在场院里摆上桌子，那鸡呀狗的，都欢叫着在院子里跑来跑去。有时候，做生意的就把蹦蹦车停在了场院中，村子里的男男女女，买货不买货，都会围着那蹦蹦车叽叽喳喳地说个不停。可现在，那份热闹一去不返了。爸爸妈妈出了远门，门前的树上连只鸟都不落了。孙子将手里握着的土坷垃掷向树时，听到的只是"叭"的地一声脆响。

　　孙子不知道该做些什么，他跑到场院边对着一棵树撒了一泡尿，再用脚将一粒石子踢飞了出去，那粒石子就像一只鸟一样，在空中飞了好远好远，突然就中了弹一样，一头栽在了前面的一座楼房的房顶上。孙子不害怕，就是那石子砸中了那楼房的玻璃，也没什么可怕的。他知道，那也是一座空楼房——房子的主人也像他的爸妈一样，出了远门了。

孙子孤寂地坐在了躺椅上，眼睛迷惘地向远处的那座山看去，很无助的样子。

突然，孙子的眼就亮了一下，仿佛黑夜里飞起的一星火。他连忙摇醒了奶奶。

"奶奶，你看那山上是啥?"

孙子其实还很小，对啥事都有些好奇。

奶奶睁开昏花的眼时，脑袋还有些迷糊。太阳有点耀眼，她就手搭凉篷，向孙子指的方向看去。

奶奶说，那是寨子，新中国成立前住土匪的，后来土匪走了，村子的男人就去那里躲壮丁……

孙子有些急了，说，不是，不是。我知道，你都给我说了一百遍了，我说的是那儿，你看，是那儿。

奶奶再次抬起昏花的老眼，这次，她顺着孙子指的方向看了好久好久。

噢，你问的是那东西。那是炼铁炉。五八年，全村的人都集中在那大炼钢铁，吃共产主义饭呢。

不是不是，这你也说过了，奶奶，我说的是那东西。

奶奶这次看得很认真。山里的许多事，是给孙子讲过的。但讲过也就忘了。再有机会，她总会又讲。过去的事她记得太清楚了，只是眼前的事，她反倒有些记不住了。再说了，村里的年轻人都到山的那边去了，寂寞了总得说点什么吧。

奶奶看了一会儿，忽然间恍然大悟了。

对了，对了。你问的是那东西? 我怎么以前就没和你讲呢? 那是碑。那年修从山里到山外的公路时，半拉子山崩了，死了好多人……这次，奶奶讲得很投入，她讲着讲着，老花的眼里竟然有了泪。

孙子有些不耐烦了，可当他看见奶奶眼里的泪时，口气软了许多。

奶奶，你怎么又哭了? 每次你一讲到那碑，那公路，你就哭。

其实，在奶奶的心里，她恨着那条路呢。那条路夺去了她丈夫的命，又是那条路让她的儿子和媳妇背井离乡去了山那边，丢下年迈的她和年幼的小孙子。有时她想，人要那么多的钱做什么呢？一家人在一块多好呀！可儿子和媳妇就不那么想。他们和村里的那些年轻人一道，年初出去，年尾才回来。

孙子有些不依不饶。

奶奶，我是问那个地方的那个东西。

奶奶用手抹了抹眼上的泪，只好又抬起头向远方看去。奶奶根本就看不清那远处的东西了。她老眼昏花的，常常把眼前的树当做人呢。她之所以能把远处每一座山上的东西说得清清楚楚，是因为那每一件事她都经历过。她是凭着记忆向孙子数说呢。

奶奶看了好久好久，当然什么也没看清，她终于有些泄气了。孙子呢，他一直以为他看见的是从山那边走来的人呢，看了许久，才明白，那不是。他也有些泄气了。

奶奶的呼噜声再次响起时，孙子也就睡了过去。

太阳很暖和，有一串口水正从孙子的嘴角淌下来，有一瞬间，太阳光刚好返射在上面，竟然是那么地晶莹透亮。

儿子的求助电话

老鱼租住的房子在后村。

在后村租房住的，几乎全都是江浙一带来这儿做生意的。那些人说起话来，软声细雨的，舌条就像那春风里舞动的柳枝，在嘴里绕来绕去的，总给人一种纠缠不清的感觉。

后村那窄窄街道上开的小饭馆，就有所不同了，川菜、湘菜、粤菜一应俱全，一家挨着一家。

老鱼吃饭时，总爱去那个叫重庆老大妈餐馆，一个原因是，那家餐馆的那台电视里总喜欢播放武打片，大老远的，就能听见电视里传来刀枪棍棒的声音，吼吼叫叫的，很热闹。这很对老鱼的胃口。另一个原因是，去那家饭馆吃饭的人并不是很多，显得清静些。老鱼去了，在靠近门口的那张桌子上一坐，不用费口舌，说一句，老样子，老板就心领神会。

等饭的当口，老鱼点一支烟，便伸长了脖子，看那些打打杀杀的片子。

这个时候，老板的儿子正好放学，那孩子生得细小细小的。一回来，就摊开书包，将里面的作业本拿出来，在门口的边上摆一只方凳写作业。

老鱼跟这孩子已经很熟了，知道他叫小伍，十一岁，正在上小学五年级。这孩子的学习很好，几乎每次考试，都能拿回一张奖状回来。别人家的饭馆的墙上要么是贴的酒广告，要么贴的是饮料方面的广告，可这家饭馆的墙上贴的全是儿子小伍从学校拿回来的奖状。每次看着墙上的奖状，总会让老鱼的心一揪，不由地想起正在老家读书的儿子来。

老鱼的儿子十二岁了，也是在读小学五年级。老鱼是在儿子刚上小学一年级时出来打工的，一转眼的工夫，儿子就是五年级了。老鱼儿子的学习在小学三年级以前，一直很好，也让老鱼很是得意了一阵子。可是后来，也许是老鱼不在儿子跟前，儿子没有约束、没人督促的缘故，到了四年级，儿子的学习成绩就开始开倒车了，平时的功课总是有很多不会做。这让老鱼的心里很有些着急。

着急归着急，他有心去督促督促儿子，可身处两地，相隔千里，却是鞭长莫及。

后来的一天，老鱼到饭馆吃饭时，看见小伍爬在凳子上做作业。老鱼看着看着，突然就冒出了个想法，他要和儿子同时学习。

有了这个想法，老鱼就到书店里照着儿子的课本和课外作业，一样买了一套。每天来饭馆吃饭时，他就把小伍老师给他布置的作业问个清清楚楚。小伍的课程进度竟然和儿子差不多，老鱼问清了作业，吃完饭了，就赶紧回到他租住的房子里关起门来做作业。

老鱼是高中毕的业，刚开始，他是信心十足的，他以为小学五年级的作业对于他来说是很简单的。没想到，等他拿起题开始做的时候，才发现，问题要比想象的复杂得多。有好多的题把他想得满头的大汗，也做不下来。好在小饭馆离得很近，他就将题拿过去问小伍。小伍这孩子真是很聪明，虽然他满脸的疑惑，但他三下两下地就把题给做出来了。

题做好了，老鱼就拿着练习本到附近的话吧给儿子打电话，话吧的话费很便宜，老鱼就是把儿子不会的题反复讲上几遍，也花不了多少钱。

这效果还真不错，没用多长时间，儿子的学习竟然赶上去了。

毕竟还是有些心痛话费，儿子的学习赶上去了，不会做的题就慢慢地少了，老鱼就和儿子约定，他不再每天给儿子打电话讲题了，他让儿子遇到不会做的题了再拨他的电话。当然，电话是不用接的，只是传递一个求助信号，老鱼接到信号，再去话吧打电话。

老鱼对儿子说，儿子，记住，求助电话越少，说明你学习进步的越快。

老鱼每天在小饭馆吃完饭，依旧回到他租的房子里做作业。可是儿子的求助电话真的是越来越少了。很显然，儿子是在用这种方式证明，他正在进步。

电话少了，老鱼的心里是又高兴又失落。坐在小饭馆吃饭时，他再没心思看那些打得热热闹闹的武打片了。看着小伍在那认真做着作业，他的心里不知怎的，就开始盼望儿子的作业出错，盼望儿子有更多的不会做的作业。那样，他就又能接到儿子的求助电话了。

他想听儿子那还有些稚嫩的声音说：爸爸，这道题应该用哪个公式去解呀？

条 子

　　师校长坐到办公桌前，正准备静下心来处理几个要紧的文件，门又被敲响了。

　　笃笃笃，笃笃笃。三节拍的。

　　师校长心里开始有些烦躁了，整个上午迎来送往的，他的门几乎就没有消停过。笃笃笃，一律是这个节奏。笃笃或是笃笃笃笃，你敲门时的节奏也变一下呀！

　　话虽这么说，但他还是很有礼貌地说了一声，请进！

　　这一次，进来的是个三十多岁的女子，漂亮的脸蛋配一袭长裙，看起来端庄而又文静。不过，师校长还是明显地感觉得到，那张灿烂的笑脸的后面藏着几分傲气。这种内敛的傲气更让人捉摸不透她的来头。

　　不等女子开口，师校长就明白，这又是一个想调进他们学校的，并且手里一定攥有一重要人物的条子。

　　是来说调动工作的事的吧？师校长决定先入为主。

　　是的，师校长。女人说着就在椅子上坐了下来。

　　师校长将面前的一个本子推到女子面前，说，将你的情况登记一下吧，回头研究时，我会重点考虑的。哦，对了，记得将你的电话留下，以便有什么情况和你联系。

女子在登记时，师校长又接了一个电话，说的还是调动的事。师校长对着电话打着哈哈。

放下电话，女子已登记完了，师校长见女子坐在那并没有走的意思，便问，还有事吗？

女子站起身时，手上就多了一张条子，她将条子放在了师校长的办公桌上。师校长瞄了一眼那条子，是县财政局局长大人写的。这个字师校长太熟悉了，每年去要经费时，没有这几个字，你是一分钱也要不到的。

师校长拿起那条子，看了看，还是递给了那女子。

师校长说，条子你还是自己拿着吧，等我们通知你来时，你再带着它来。放在我这弄丢了可就麻烦了。说着，他的嘴角还扯起了一缕笑，看起来十分友善。

送走那个女子，师校长拿起桌上的本子一看，短短的三天时间，已有二十多个人来找他了，而这二十多个人中的每个人的手里都攥着一个要害人物的条子。每张条子都是要人命的。可这次进人的名额只有两个，师校长是想调两个业务能力强的教师进来，可许多人把这当做进城的好机会，他们调动各种关系来抢这个机会。

第二天，师校长叫来校办主任，他把那个本子递给主任说，通知这些人，明天早上8点准时来学校，过期不候。

校办主任有些不明白，说，只有两个名额，他们都来吗？

师校长笑了笑说，都来吧。

第二天一早，登记簿上的那些人早早就来到学校。

8点钟，师校长让主任把大家都集中到小会议室。等人齐了时，师校长说，我们开个会吧。大家都不知师校长葫芦里卖的是什么药。

师校长说，这次我们学校调进教师的名额只有两个。可在坐的都想进来，况且，你们每个人的手里都攥着张条子，写条子的人都是重要的人物，我一个也得罪不起，那么怎么办呢？我想了一个办法，大家都把条子拿出来，我们排一排吧，谁手里的条子官大权重，咱就调谁吧，官小的自然"叽死"。

所有的人都没想到师校长会想出这个办法来。

于是，每个人都把自己手里的条子拿了出来，交给办公室主任，然后当着大家的面一个一个地排。最终，只有县委书记和县长写的条子留了下来。

师校长说，没办法，这事只能这么定了。

送走那些人后，办公室主任将书记和县长的条子交给了师校长。

主任说，校长，那我们考察的那两个优秀教师怎么办？

师校长没有说话，他只是将书记和县长写的那两张条子拿出来，一下一下地撕，他撕得很细很细。之后，就随手扔进了垃圾箱里。

主任吃惊地说，校长，你怎么把书记和县长写的条子撕了？

师校长说，这条子根本就不是书记和县长写的。赶快下文吧，把考察好的那两个教师调进来。

骑摩的的女人

一年前的一场车祸，夺去她婆婆的生命，而丈夫也在这场车祸中变成了植物人。只有她和儿子一起活了下来。

原来富裕的家，也因此变得一贫如洗了。

突然的变故，让她手足无措。她曾想到过死。可儿子说，妈，有我呢。

这句话深深刺痛了她。

她的两根肋骨在这场车祸中失去了。同时失去的还有她那漂亮的脸蛋。

有半年时间，她几乎都不愿出门，她像一只蜗牛一样，要把自己藏在壳里。

亲戚打电话，她不接。朋友打电话，她不接。后来，她干脆把电话关机了。她不愿以这样的面孔去面对所有熟人。

儿子很懂事，从寄宿学校搬了回来，有空了就陪着她。她给丈夫擦洗身子，搬不动，正在做作业的儿子跑过来，说，妈，有我呢。

看着一天天长高的儿子，她才突然想起，再过几个月，儿子就要上高中了，她还没有给儿子备足学费。

可自己现在这个样子，哪个单位要她呢？

有一天，一个朋友给她发来短信，让她要振作起来。他说他有一辆摩托，白天上班用，晚上下班就闲置了，他愿意将摩托借给她，让她去街上载人。

想了好几天，她答应了。

夜幕降临时，她安顿好丈夫，就骑着那辆摩托在街上转。可她面对客人怎么也开不了口。远远跟在她身后的朋友急得恨不得上去帮她把客人拽上车。

这样转悠了几日，她还是一个客人也没拉到。不过，她的心情却好了许多。

那一天，她骑车刚出门，在路口就遇到了一个男子。那男子很急的样子，她看见他跑到她跟前时，头上都有细细的汗珠子。那人说，大姐，你拉人么？我有急事。

有客人主动上来答话，自然是好事。她兴奋地点点头说，拉。

男子说了一个地方，问她去那里多少钱。

那个地方她知道，可真不知道去一趟得多少钱。就说，你平时坐车去那里多少钱就给多少吧。

男子笑了，这怎么能行，咱先君子，后小人。你得说个价。她估摸着从这到那地方的距离，就说了一个价。那人却说太贵了，便宜点吧。

她说，那你能给多钱？男子可能看出了她是个新手，又是女的，就报了个很低的价。这个价几乎让她不挣钱，她看着眼前的男子，竟有些急了，就开始和那人讨价还价了起来。

最终，虽然不怎么挣钱，她还是把那个男子送了过去。这毕竟是她的第一笔生意。

有了这次和客人讨价还价的经验，她终于抹开了面子。拉客的生意也慢慢地好了起来。

生意好起来了，她觉得这一切都得益于那个朋友。是朋友在关键时拉了她一把，她才有了今天。

那一天，她给朋友打了个电话，说要请他吃饭，感谢他对她的帮助。

朋友很高兴地答应了。

见面时，朋友还带来了一个人，她一眼就认了出来，那人就是第一次坐她摩的的那个男子。那天的讨价还价，让她对他的印象很深。当时，她真的有点讨厌这个有点小气的男子呢。

吃饭时，那人举起了酒杯，说，大姐，对不起，那天刁难你了。

朋友说，那天，我的这个朋友真的不是故意为难你。我们看你天天骑着摩托在街上转，却开不了口拉人，便故意设了这个局。你不怪吧？

听了这话，她的泪哗地一下流了下来。

她什么也没说，一口干了杯中的酒。

船佬和他的媳妇

　　村子外面的那条河的河水很大。村子里的人出来进去的，都得到渡口去坐船过河。

　　船并不大，一次只能载十来个人，像一弯上弦月浮在水面上。要是黄昏夕阳西下时，船行驶在波波光粼粼的水面上，那景致就十分的好看。

　　船佬姓张，三十多了，还没结婚。要是女人坐他的船过河，他就把船撑得摇摇晃晃，像喝醉了酒似的。女人就在船上一惊一乍地笑，这让船佬很开心。

　　船工佬还养了一只小猴子，没事了，它就在桅杆上爬上爬下的。这小东西也很喜欢女人，特别是见了有姿色的女人，就颠狂起来。它常常趁女人们不防备时，扯下女人的头巾或是围脖，再爬上桅杆。

　　有一次，下了大雨，河里长了大水，船佬载着一船人过河。船行到河中间，桅杆上的小猴子对着涨起来的河水发了疯地狂叫。大家抬头看去，发现水里一浪一浪地漂下一团东西，花花绿绿的。有人眼尖，说是一个人。船佬跳进水里，抢住那团东西，到了岸边，才发现是个女子。船佬赶紧拉来一头牛，把女子横放到牛背上，一鞭子抽下去，那牛就一颠一颠地跑了起来。一会儿，那女子在牛背上哇哇地吐了起来。

　　女子活了过来，却哇哇地大哭起来。女子说，她是跳河寻短见的，船佬不该救她起来。

话是这么说，女子的眉眼里还是透出了感激的神情。

后来，这女子就成了船佬的媳妇。

这女人样样都好。洗衣做饭，女红针织拿得起，放得下，可就是爱生气。而且一旦生起气来，又哭又闹，寻死觅活的。

也是奇怪，屋门前就是河，要寻短见，只要一闭眼，一纵身的事。可那女子却不，她偏偏喜欢选择走很远的路，跑到屋后的山上跳崖。

女人寻死觅活地去跳崖，船佬不能不管。可那上山的路陡得要命，还没走上山去，就累得船佬狗一样直喘粗气。他担心，依他这样攀崖的速度，说不定哪天，不等他上到崖顶，那女子一生气，就跳下崖去了。

好在那女子喜欢哭，每次船佬没上到山顶之前，她都是坐在崖边上哭。

有一次，船佬生气了，对女人说，你要是真想寻短见，就别跑这么远呀，咱家门前就是河，双眼一闭，咚地一声就下去了。

女人说，谁叫你是船佬会水呢。

船佬想想，也是。

又一天，女人不知为什么，又和船佬生了气，和以前一样，女人又爬到了崖顶上哭闹着要寻短见。

船佬上山时，没想到那只猴子也一块上到了山上。到了山顶，猴子一眼就看到了坐在崖边上哭泣的女主人，便很亲热地向女主人冲了过去。女人见猴子向自己奔了过来，一双手紧紧地抓住崖边上的一根树枝，一边说，你个挨刀的猴子呀，差点就把我撞到崖下去了。

站在不远处的船佬听了这话，咯咯咯地笑了起。

女人也咯咯地笑了起来。

船佬想，以后这女人再要来跳崖，他就不用跑这远的路来阻拦了。

这之后，女人再也没有跳过河崖。

鞋的故事

猫头在冬天里，脚上总是穿着一双比他的脚大一号的棉布鞋。走起路时，扑踏扑踏地像是踏在淤泥里一样。有一次，学校里做早操，猫头一踢腿，一只鞋，竟然越过老师的头顶，像一只鸟一样扑棱棱地飞向了半空，引得同学们的一片欢笑。

夏天来临时，同伴们都换上了各式各样漂亮的单鞋，猫头脱去了棉鞋后，却没有单鞋，就只能赤着脚来来去去的。这倒给了他很多自由。他赤着一双脚，上山下河的东跑西逛。说实话，到了夏天，没有几个人喜欢在脚上套上这劳什子走来走去的。

于是，我们这些有鞋子的，也学着他的样儿，背过大人，将鞋子脱了，用绳子一串，挂在了脖子上，也赤着脚在田野里跑来跑去。那样子就像是一个搭着褡裢赶集的小商贩。

那些日子，我们光着脚，却是那样的快乐。

有一天，当我们都赤着脚去上学时，就引起了老师的注意，老师耷拉着个脸，狠狠地收拾了我们一顿，就作了规定：学校里是不准学生光着脚来上学的，谁要是再光着脚到学校，就不让他进校门。

第二天，当我们都穿着鞋子走进学校时，只有猫头一个人是光着脚的。那个长着鹰钩鼻子的老师，真的就把猫头撵出了教室。我们上课时，猫头就光着脚站在学校的操场上，毒日下，猫头的脸上汗流如注。

也许是这个原因，猫头三天没有来学校上课。

第四天早上，在我们期盼中，猫头终天来上学了。远远的，我们就看见猫头的脚上穿着一双崭新的黑布鞋向学校里走来。我们高兴坏了。

上完一节课，我们都围到猫头的身边，想看看他新鞋的样子。猫头的家里穷，有一双新鞋真不容易。而猫头见大家向他围过去，好像我们要抢他的新鞋子一样，撒腿就跑。我们几个追上去抓住了他，抬起了他的脚。我们要将他的新鞋脱下来让每个人都穿一穿，沾沾新鞋的喜气。

猫头的脚抬起来时，我们的心里不由一惊。我们发现，猫头的脚上穿的根本就不是什么新布鞋。那双远远看上去很漂亮的黑布鞋，竟然是他用墨汁细细画在脚上的。

我们都傻在了那里，不知所措。

猫头却笑了，他说：哈，我这才是真皮的鞋呢，永远都穿不烂的。

我们也都高兴地笑了。

从这天起，我们班的所有人都守口如瓶，我们一起为猫头守着这个秘密，守着这个关于鞋的梦。直到有一天，猫头在上体育课，一不小心踩在了一块碎玻璃上时，这个秘密才让老师发现了。

我们以为这一次完了，猫头一定会受到老师的惩罚的，可我们的那个那个长着鹰钩鼻子的老师，在得知了整个事情的来龙去脉后，什么也没有说，他回到屋子里将他的鞋子找了一双，并亲手穿在了猫头的脚上。

那双鞋穿在猫头的脚上有些大，猫头走起路来，就像是个怀了孩子的孕妇，扑踏扑踏的，可猫头还是很兴奋。

聊　天

现在的人，依赖性都是很强的。比如说手机和电脑。

走在大街上，许多人耳朵上都挂着耳机，过马路时，一双手都会不停歇地在手机上按着。干什么？聊天。别看他们现在正在北方的某个城市的马路牙子上，他们很有可能正在和南方某个城市、某个并未谋过面的人聊得热火朝天呢。

没有什么奇怪的。

这样的聊天方式，只动手，不动口。虽然违背了"君子动口不动手"的原则，可也很有意思。一是保密性强，不像是用嘴聊天，叽里呱啦的，嗓门大一点的，说话内容满世界都能知道。第二个特点是，不用费表情。手机里各式各样的表情都有，喜怒哀乐的表情应有尽有，用手轻轻一点就发过去了，这样就避免了很多尴尬，就是你皮笑肉不笑，对方也是看不见的。

这是说出了门的事。要是在家里或是在单位里，就会用电脑。两个人平排坐着，一天也可不用嘴说一句话。嘴的功能只是接吻和吃饭了。

要说话怎么办？QQ 上说。比如说，到了中午饭点了，一个会在 QQ 上说，吃饭吧。两人心领神会，就一起走了，不知内情的人看起来他们竟然是那样的默契。

扯得远了。还是说说马群吧。

马群是个很活跃的人。在他们的 QQ 圈子里，他就像一条黏鱼一样，总有办法把死水给搅和。这得力于他的思想活跃，打字速度快。在 QQ 群里，不在乎你嘴皮子有多顺溜，功夫都在指尖上。

可现实生活中的马群却显得很木讷。朋友们在一起吃饭喝茶聊天，几乎听不到他的声音。朋友们有时就故意问他，马群呀，你怎么不发表意见呢？马群急得一双手的手指乱动着，愣是从嘴里蹦不出一个字来。因此，三十多的人了还独着。

这事家里人急，朋友急，马群也急。一次次相亲都因为他不太说话而告吹。

马群的优势在网上，朋友们就让他在网上谈，果然就在网上谈成了一个。

那女孩是福建的。

两人在网上热热闹闹地谈了半年，很情投意合，就约定见面了。

等两人见了面，糟糕的事情又发生了。马群迷离着双眼，看着坐在对面的女孩，心里欢喜得不得了，十个手指像弹钢琴一样在桌子上敲着，一肚子的话却是说不出来。两个人吃着饭就这样你看着我，我看着你，大眼瞪着小眼。马群也觉察到，这个在 QQ 上那样活泼可爱的女孩，竟然和他一样，也不太会说话。

马群真的很喜欢这个女孩，很想把他的意思表达出来，便掏出手机，打开了 QQ。女孩会意地一笑，也拿出了手机，打开了 QQ 。就这样，两个人隔着饭桌用 QQ 聊了起来。

有意思的是，他们面对着面，连同笑都是发的 QQ 表情。

这顿平淡的晚餐因此一下子愉快了起来。有时候，他们聊着聊着，也会抬起头来互相看对方一眼，便又把头埋进了手机里。

女孩在这里待了三天。在这三天里，马群带着女孩看这个城市的景点，吃这个城市的小吃，但只要两个人坐下来，他们都会掏出手机聊天。

女孩临走的前一个晚上，马群带着女孩去公园，两个人并排坐在公园里看月亮时，马群突然在 QQ 上对女孩说，让我亲一下你吧。女孩回了一个害羞的表情，并附了一个"嗯"字。马群兴奋得不得了，他竟然举起手机，对着手机一阵猛亲。

女孩走的那天，马群去车站送女孩，当火车徐徐启动时，两个人恋恋不舍地挥手告别。

突然，马群像想起什么事似的，飞快的拿出手机，他在手机上敲下了两个字：再见！

过了一会儿，马群的手机嘀地响了一声，他打开手机，只见女孩也发过来两个字：再见！

那时，火车早已驶出了车站，只能听见咣咣当当的声音了。